谢新源 / 著

人民文学出版社

图书在版编目（CIP）数据

东城外/谢新源著. —北京：人民文学出版社，2021
ISBN 978-7-02-016926-9

Ⅰ.①东… Ⅱ.①谢… Ⅲ.①散文集—中国—当代 Ⅳ.①I267

中国版本图书馆 CIP 数据核字（2021）第 078470 号

策划编辑　脚　印
责任编辑　王　蔚　张梦瑶
装帧设计　李思安
责任印制　任　祎

出版发行　人民文学出版社
社　　址　北京市朝内大街 166 号
邮政编码　100705

印　　刷　三河市鑫金马印装有限公司
经　　销　全国新华书店等

字　　数　160 千字
开　　本　880 毫米×1230 毫米　1/32
印　　张　9　插页 3
版　　次　2021 年 6 月北京第 1 版
印　　次　2021 年 6 月第 1 次印刷

书　　号　978-7-02-016926-9
定　　价　48.00 元

如有印装质量问题，请与本社图书销售中心调换。电话:010-65233595

· 作者像 ·

摄影 江海洋

童年和故乡,是一座珍贵的人生宝藏,挖之愈深,愈会得到更多闪烁着永恒之光的金子。谨以此书感怀童年,致敬故乡!

目录

001..序：《东城外》的故乡斑斓 / 柳建伟

001..望春归
006..志书里的珍藏
012..灵角牛
019..师傅们
024..捉鼠
031..铜香炉的悲剧
034..阳春雪
039..彩虹下的印痕
042..惊奇的馈赠
046..两棵树
052..祠堂里
059..古台越千年
066..难以忘怀的地黄

070 . . 麦香

074 . . 吃碾馔

078 . . 转乡

084 . . 季节的律动

087 . . 晒秋

091 . . 拾秋

097 . . 夜色清澈

102 . . 月照身影长

107 . . 红柿子

111 . . 雁南飞

114 . . 装阳光于摇篮

119 . . 借火

123 . . 冬天里的故乡

126 . . 铁匠铺

132 . . 冬藏

136 . . 过火爱情

140 . . 映天雪

147 . . 年味

151 . . 寻亲

156 . . 老物件

162 . . 再现炊烟

167 . . 谁家花开香满街

174 . . 绿色时光

188 . . 留痕在心

194 . . 世上再无唤妹声

199 . . 回望故乡

270 . . **后记：写给故乡**

序:《东城外》的故乡斑斓

自从那个一辈子只写自己邮票大小故乡的美国作家福克纳在中国暴得大名后,中国的读者突然间发现:凡优秀一点的作家,都是头上顶着故乡的蓝天,脚下踩着坚实的故乡大地,才创作出了自己独一无二、色彩斑斓的文学世界。写不好故乡的作家不是好作家,大概是一个不会错的判断。试想,没有写好鲁镇、湘西、高密东北乡和商州的鲁迅、沈从文、莫言以及贾平凹,能有今天在文学上至高无上的地位吗?

相识三十年的老友作家谢新源,显然也是一个笃信文学源于故乡理论的坚定实践者。他早期的《阳光裹着记忆》《阳光点燃心灯》写的是他的故乡河南……他的新作《东城外》,同样写的是他的故乡河南……这三四十年的坚持和固守,让谢新源的文学世界有了极高的辨识度,有了独一无二的认识和审美价值。尤其《东城外》更是有了新的突破,用青年文学评论家文剑先生的话说,新源这部散文集里的文字是"试图在历史和文化的视野中,重新认识与定义故乡的创作尝试:他的乡土散文的亲情伦理性与历史文化散文的学识涵养性得以水乳交融"。

之前,新源已有多部长篇散文、散文集、报告文学集、人物传记问世,但以散文写作成就最大。他来自中原河南黄河北岸温县一处颇为古老的乡村东城外。从他这部集子里数十篇叙说家乡生活的作品可以明显看出,写作的时候他是带着自己的思索和情怀,回到他曾经生活近二十年的故乡,用心贴近足下的乡土气息和大地色彩,怀想从前,将童年、少年、青年时代初期的生活体验和经历,写成一篇篇精致绚丽、厚重大气的文章,搭建起一座立体的色彩鲜艳的关于回望时光、抒情家乡、憧憬人生、走近未来的记忆长廊。

从这部散文集中可以看出,新源的每一篇散文皆是真实内心情愫的表达。著名文学评论家谢有顺教授曾说:新源是一位有根的作家,这个根就深深扎在故乡真实的泥土里。他的童年处于特殊的上世纪六十年代,现在年逾花甲且身处喧嚣都市的他,通过对过往岁月加以回溯和观照,欲以表达的是对过去岁月的一种态度。而这种态度经过时光的沉淀和发酵,已经是一种诗意的云淡风轻般的倾诉,或悠长的回味,并成为历史的记忆。所以,此书里的大多数篇什虽然他并没有从历史、社会、文化的宏大视角去审视故乡,回味童年

和岁月，但容量却不小，静流中隐含着磅礴，细腻中穿缀着结实和饱满。而一旦他的笔触深入到故乡的历史、社会、文化之中，例如《回望故乡》，他的文字便有了最为深情的眷恋和最为深切的体察，其情感倾诉似乎超越了对于个体人生意义的追述，甚至于家国之殇的感喟，而升华为更加阔远的万古愁绪与千年慈悲。

阅读新源的这部散文，可以深刻而明显地感受到，他是怀着日积月累的故乡情愫，思维敏锐且缜密，几乎每一篇无不为真情所动而发之为文。他对文学和生活有着异于常人的坚韧不拔和深情怀想，无论面对苦难、悲愁、无奈，还是幸运、愉悦、欢畅，都以一种坦诚、本真、朴素的叙述，直面平凡的日子和曲折的人生。一根冰棍、一行小板凳腿留下的印痕，一缕村庄上空的炊烟，都令他激情荡漾，思绪绵延，将曾经与之相关联的生活片段搭建串起。仅就《年味》《麦香》两篇短文为例，他对于故乡气味和气息的营造，已然超越感官的接收和感知，而升华至情感性和精神性的了：

> 不过，这仅仅只是故乡初冬时节短暂的宁静景象，用不了多久，她便会重新热闹起来。先是村头焦爷家的豆腐店腾起一股股白烟，传出淡淡的卤水味；紧接着村西二小队也拉开了做粉条的架势，红薯粉碎机从早响到晚。晾晒场上，新出锅的粉条，被撑杆撑着，挂于铁丝拉线，一排排、一行行，在阳光的照射

下散发出晶亮的光泽。尤其，村北街老谢头家的香油坊、村南街三小队的豆油坊，一南一北，一大一小，几乎同时开张。于是，整个冬天我们这座坐落在豫西北平原一隅、千把口人的小而古的村落，便被时而浓烈、时而清淡的阵阵油香所包裹。每天，人们一大早出得门来，就像呼吸着早春二月的梨花香，心旷神怡，神清气爽，成就了一天的好心情。

约在五月中旬，小满节气一过，故乡广阔平坦的原野上麦浪千重。小麦的清香味儿开始四下飘逸，并且越往后越浓烈。最终，麦香还是从地头飘到了村子里，乡亲们呼吸着这浓淡相宜、沁人心脾的麦香味儿，顿时面添喜悦之色，又是一个丰收的年份啊！于是，家家户户磨镰刀、清陶缸、扎麦囤，拉开了夏收的架势。

新源一次次把记忆反刍到童年，咀嚼那段曾经无法倾诉的日子，将那些看似微小破碎零乱、不够起眼的往事和日子，在笔下生动展现出来；重新解构童年，重新理解童年，深入认知故乡，把那些与大地最为贴近的平凡劳作及美丽的故乡画幅，连同留在故乡土地上那行年轻的脚印，归落在了他那一行行耐得起品咂的文字里。也由此可以看出，新源的散文一定是在情感充沛、触点迸发、内心宁静的时候写成的，读来自然舒畅，鲜见雕琢，甚而颇有韵律之感，是来自于灵魂深邃处为文之泉的平静流淌。

　　新源深怀感恩之心、爱悯之心，多情地书写出他心目中偌多可爱可亲的乡亲乡民。他们要么人生平凡，要么生活清贫，要么身位卑微，但毫无例外他们被传统文化所浸润、熏陶过的躯体上、情怀中，永远闪耀着温暖、悲悯、仗义、厚道的人性之光。《映天雪》里的父亲和武爷，《师傅们》里的冯师傅，《麦香》里的老李，《两棵树》里的德禄爷，《铁匠铺》里的何师傅；《彩虹下的印痕》中的张姥姥，《借火》中的堂奶，《装阳光于摇篮》中的梅娘……在他的笔下人与人、人与物，男与女、老与少，像被岁月淘洗出的金子。他们的人生也像金子一样在闪烁光泽。《过火爱情》里母与女的对立、伤害，亦随着爱的传达和涌动，最终烟消云散！

　　这些乡民乡亲的生动感人的个性，得益于新源精气神俱佳的笔力，凝聚文字的力量，阐扬出更加高尚纯洁的人性之美！

　　新源曾说,对文字他一直抱有敬畏之心。他所说应该是真心话。从他过往和眼前这部纯粹讲述家乡故事的散文集不难看出，他对文字的使用和要求有着精当的把控。语言中有着一如他故乡泥土般的质地，朴素无华却不失典雅，看似平淡实则曲奇蕴含。他往往吸纳家乡土语、俚语，恰到好处地运用到写作中，不仅使得作品具有了豫北地域特色，亦使人物显出独有神韵，更是突显他个人鲜明的语言风格，并借此营造了他散文或旷深或辽远、或淡雅或厚重的至美意境。同时，新源在散文写作上驾轻就熟、收放自如地借鉴小说、散文诗，甚至剧本的手法，不时打破叙事节奏，节制、张扬、华丽的文字，或跳跃、留白，或夹以短句，讲述仿佛脱去了鲜艳外衣的乡村故事。新源擅长以快节奏和精当的文字状物抒情，描绘景致，字里行间饱含丰富信息，富有简约韧性的笔力与魅力，使每一个文字充满情感的力量。

无数的写作实践验证了这么一个道理：离乡间越近的作家，对于生活的认知无疑越发深刻。从他人生呱呱坠落的那一刻起，身下就是鲜活而芬芳馥郁的大地，所有的感知无不来自地母的滋养。这样的作家会格外地与众不同，他日后便出落成独特的自己、心田的自己、文字的自己。只有脚踩大地，方能感知大地。新源的笔触从一开始就深入到了故乡肥沃的土地、故乡风雨起伏的岁月；深入到了故乡深邃且厚重的历史，故乡浓郁而悠远的文脉。还原、追索、重现他心影中那个既古老又年轻、既破陋又美丽、既沉寂又喧闹、既文静又活泼的故乡。在新源的这部集子里，他的乡思与乡愁、情怀与憧憬、文学与精神，已经得以完美地结合和展现。这是故乡无私地赐予，以及深情地呼唤！

是为序！

是为贺！

柳建伟
二〇二一年元月于北京

望 春 归

"出工啦！出工啦！"清晨，这焜地回响在村庄上空的吆喝，不啻一声春雷炸响。

太阳尚隐没在地平线之下，村子东南方上空横着的几条暗红色云带，透出些许的亮光。听到有人在我睡着的西厢房外喊，我翻身而起，迫不及待地回应："起了！"墙外，是通向村中老祠堂的一条胡同。

回家过年，是我早有的打算。我已经许久没有踏上故乡这片魂牵梦绕的土地了。想着年前去探望对门一直亲热慈祥的章奶，去会会从穿开裆裤就玩在一起的发小，去父母坟头添上几锨土、烧上三炷香，去聆听大年初一街头那响不绝耳的鞭炮声；到村东小学校去看看当年读书的教室，到曾经抗洪的猪龙河堤上去回想那一幕幕的险情，到劳作过十二三年的田野去体悟当年汗滴禾下土的艰辛……然而，这一切还未来得及实现，疫情便如一阵黑色旋风刮了过来。

　　我被困在老家中,十四天后,即便想返回南方生活的城市,也得到村委和镇里去开放行条。回去后,又得自我隔离十四天,前后一个月,何必呢?我曾止不住地一次次想:有着万众一心的抗击,疫情消灭的日子还会远吗?也因为,春天业已来临,万物正在复苏!

　　这不,出工的吆喝声,正响彻在街头巷尾。

　　人们奔走相告!

　　我走出家门,向着村西南的河湾走去,去寻找春天的存在。

　　出了村口,我正要抬头张望,含着几分水汽的阳光猛地扑入眼帘,瞬间便模糊了我的双眼,忙低下头去,好一会儿方看清脚下的路面。春果然是来了,麦苗儿纷纷挺直了腰身,似乎能听到它分叉拔节的声音;回旋在河湾里的风,虽不免仍然料峭,却分明能感受到它的温煦。尤其,顺着河堤蜿蜒而去的那行柳树,细长的枝条挂上了似有还无的绿,随风摇曳,舞者般的曼妙轻盈。

　　跨上河堤,我的眼前不禁一亮,四五丈宽阔的猪龙河面,哪里还能看到冰的踪影?一河的水,清澈得都有些发蓝,披着淡淡春色,跳动着星点银光,舒缓从容地自村西流来,在我脚下拐了个九十度的弯,向着村南更远的地方流去。

　　不知谁家的小绵羊在堤坡上悠闲地走着,啃噬满河堤的枯草。

我索性斜躺在堤坡，眯上眼，接受着春日阳光的抚慰。我很想沉下心来，仔细去体味春的律动，或欣赏一番她柔媚的容颜。岂料，只不过一袋烟工夫，便通身暖意融融，心性萌动，就想用手去扒开身下那层枯草。身下的土地是松软的，透出一丝潮湿之气。果然，鹅黄色的草芽就要拱开了地面，探出身子，展示它那特有的茸茸的绿。我凝视着那黄嫩的草尖，想着春其实并未走远，更不曾消失。她只是在冰和雪的覆盖下，藏身于我们足底深厚的泥土里，稍做休憩，积攒力量。待到北风远去东风吹至，便倏然醒来，抖擞了精神，给大地注入无穷的生机和活力！

我终于找到了春。

几只燕子从天边飞来，在河面上空翻飞，扇动着的翅膀，撩起河水，划开涟漪。村子里男男女女一行人，肩背锄头，走到河边。他们把裤脚挽到大腿根，一手将锄头、鞋子高举过头顶，另一只手，手手相牵，涉水过河，到对岸的河湾去松土。远望着他们倒映于河水的身影，就想起那个春天，曾经发生的一个故事。

我们村与河对岸的张庄村本以猪龙河为界，但不够安分的河水却常常突破了堤岸，忽南忽北地改道游走。当它最终固定成为现在这条河道的时候，离原来的老河道已向北移出了数十丈之远。

"既然以河道为村界，现在河道北移，这河南空出的地方就该是你们张庄村的了。"另一个邻村有好事村民，想要挑起事端。

"以老河道为界,这是祖上传下的规矩,咱们说啥都不能改!"张庄村的老者纷纷出面主持公道。

那几个邻村的好事者,既尴尬又无趣,只好怏怏作罢。

我们村和张庄村,原是明代从山西洪洞迁徙而来的两位亲兄弟,各自繁衍数百年,成就了河北河南这两个数百人的村子。

二月春风似剪刀,但若想用它来剪断绵延已久的兄弟亲情,却是非得被钝出个硕大的豁口不可。

太阳像攀了天梯,快速地升高,一丝丝亮丽且有些炫目的光线,毫无拘束地肆意洒落,气爽风柔,天地间充盈着浩浩清和之气。

低压电杆两丈二,高压电杆两丈八
装上一个小马达,嘟嘟喔喔把套拉
嘟嘟喔喔把套拉
……

一曲豫剧《朝阳沟》唱段,从河的西头传来,随声而至的是只小船。我认得这是邻村渔夫梁二发。他站在船艉,轻轻拨动一河春水。而两只黑色鱼鹰则蹲在船头,犀利的目光在河面上专注地扫视着,随时准备扑入淡蓝的水中。

春已无处不在。

　　小绵羊大概吃饱了肚子，小心翼翼地走到河边，前腿微曲，一口一口，吮吸着清清净净的散发甜味儿的河水。它边饮边扑嗒着双眼，显出安然和享受的神情。我亦站起身来，向着春光笼罩的四野贪婪地张望。恰有一行在南方过完冬的大雁，呱呱呱地鸣叫着，飞回太行山以北更遥远的地方，去过一个更为舒适的夏天；一匹枣红色大马，拉着挂平板大车，沿着河堤到村南土岗子上的砖瓦厂拉砖，那嘚嘚嘚嘚的蹄声，宛如春的鼓点，响着几分悦耳的清脆；又有几只喜鹊在天上打了几个旋，落在我头顶的柳树上，于枝条间蹦来跳去，"喳喳喳"不住地叫，过去村人们形象地说它也在"叫春"……

　　春天是真切地来到了小河边，回归了广袤的大地。我深深吸了几口温润且含着几许馨香的空气，鼻翼不住地翕动，似乎在品咂着其中春的味道，感受春回大地，大地母亲孕育和分娩生命那磅礴的力量！

　　望春归，我所有的心愿，这也就一一地了却了！

志书里的珍藏

感怀故乡,是人之本性,因为故乡像母亲一样,给予了我们人生偌多的恩赐。而故乡,更不曾忘记你我,哪怕是你我不经意间为她做过的那些微不足道的小事儿。

故乡的记忆,多会令我们感动和感慨。

蟒河原来水量较丰富,本世纪(二十世纪)三十年代初,两岸皆有堤。两堤间河床宽约十数米或数十米不等,汛期常涨溢决口泛滥。

1950年和1954年冬曾两次复堤。1972年又整修招贤至祥云镇蟒河堤8.2公里。

一日晚上,闲翻竖在书柜许久了的《温县志》,看到有这样一段记载,眼前一亮,心里紧接着又咯噔了一下:这不是我曾经参

与过的那场修堤工程吗？怎么县志里还记着呢？

我有些激动。回想起来，这该是我参与为故乡做的第一件颇有意义的大事吧。

1972年，我十二岁，上小学四年级。

正值隆冬，放寒假前夕。那天早上，我刚准备出门上学，父亲说他先要赶到修河堤的工地上。

"等等，给你找几件换洗衣裳。"母亲走进里屋。

"来不及了，年前要收工，这就得走！"父亲急着说，拎过装了碗筷、脸盆、毛巾的网兜，夺门而出。

"过几天，敏儿放假，就让他给我送来吧。"说这话，父亲已走到了院中。在家里，父母都唤我的小名：小敏。

一大早，我尚睡得迷糊，隐隐约约听到生产队长法明叔和父亲站在院里说话：

"文之、信之、宝成、小逢、小旺，你我，咱们七个先去打前站。"队长提到的这几个人里，文之会做大锅饭，小旺会木工，宝成懂搭棚，信之和小逢是打井能手。

又过两天，副队长喜全带领队里壮年男女三十多人，包括我姐，高举红旗，拉着架子车，赶着灵角牛，浩浩荡荡，向着几十里外的工地赶去。

父亲一直没回来。

几天后,学校放了寒假。

那天,喜全回队拉面,母亲听闻,便抱出一包衣裳,递给我说,跟着你喜全叔,再送几件衣裳给你爸。

蟒河,发源于山西济源,自县西南入境后,一条直线似的向东流去。在它南面大概三五里之远,便是宽阔但水流并不算湍急的黄河了。历史上,蟒河水流一直丰沛,尤夏秋两季,以致过上几年河堤就得增宽加高。

工地紧邻着黄河滩,我到的时候,快要晌午。冬天里不常露面的太阳,不时探出云头。时有时无的阳光,一会儿令人目眩,一会儿苍然晦暗。黄河滩一望无际,空空荡荡,即便是很微弱的北风,在这里也吹出了它的狂烈,枯草亦不时纷纷卷起,飞飞扬扬。

结了厚冰的蟒河,两岸高高的河堤上人山人海。堤下,一行人挥锹装土,早被磨得锃亮的铁锹,在日光映照下划出一道道白光。堤坡上,有的肩挑箩筐,有的三五人推着架子车,有的摇晃手中皮鞭吆喝着拉车的马牛驴骡,随波逐浪般,将泥土和石块运上堤坝。而堤顶上,于飕飕寒风中,却全是脱光了上衣肩搭毛巾的壮汉。他们,或三四人手握粗硕的木杵杆,嗷的一声举过头顶,然后重重地砸向地面;或五六人各抓一根粗绳,奋力将百十斤重的石硪抛向空中,再使劲儿下摁,那石硪便添上了千钧之力落下;

或抡动二三十斤重的铁锤,将一块块青石嵌入泥土里去……尤其那数不清、看不到尽头的红旗,遍插堤顶,在风中哗哗猎猎作响,和着此起彼伏的劳动号子、牛哞马叫,像在演奏着一场声势浩大、撼天动地、气壮山河的交响乐大合唱!

我站在堤顶,全身热血沸腾。

"既然放假,就别回了。跟着我们干,来都来了么。"晌午吃饭,队长端着大海碗,走到我跟前说。

我抬头看了眼父亲,心里想:我才几岁,在这儿,我能干啥?

"烧水、送水总会吧?"队长看出我的担心。

"能行。"父亲帮我应承下来。

我留在了工地,除却烧水、送水,也帮着推车,或者洗碗、择菜,大都是些杂活儿。

一晃,四十八年过去,这事儿早消失在了我记忆深处。不承想,今天却在县志上看到了记载。尽管在工地的十几天里,我并没像那成千上万的壮年男女,出了那么多的力气。但我以为,这算是故乡的记忆了。故乡,把你我所奉献于她的,写进了历史,用另外一种方式,记录我们人生的斑斑点点。

引猪回灌工程:1977年10月,于西城外猪龙河东岸建引水闸三孔……1978年竣工。渠水可自流灌溉土地2.8万亩，回补（地下水）面积5万亩。

这是我在县志上看到的另一条记载。我参加了工程前期从猪龙河取水口到引水闸之间，一百余米引水渠的开挖。那年我十七岁，正上高中，学校放秋收假。恰逢收种大忙，壮劳力紧缺，队长就只好派活给了我们几位在校生。刚满十七岁的我，第一次被当作壮劳力来使用，记忆尤为深刻，但并未想到县志上会有如此详尽的记录。

在此之前，我曾翻阅过不少旧时志书，明清乃至民国期间的多记疆域、沿革、形胜、政略，以及节烈孝义，以颂王道、倡伦常为要，唯独缺乏记述地域经济生产这一社会发展的历史。眼前的这部县志大胆突破，补上了这一块。经历者阅之，能慰于故乡的记忆；而于普通民众，当不啻为爱国、爱民、爱乡教育提供了现实素材。

这大概亦是一届政府编修新志的旨要之一了！

于此，我的体会就很深刻。

还记得1976年我初中毕业，放假在家等待升学高中时，参加县际公路升级改造那件事。

其时，县里欲将南起招贤、北至杨磊的一条6.5公里长的简易公路，铺上柏油改造成高一等级的县际公路，我被生产队指派

到有十四五人的工程队。要干的活儿其实并不多，也不重。一辆大型翻斗车，拉来冒着黄烟的柏油与石粒按比例搅拌好的铺料，倾倒于地，再装上小泥斗车，向前铺一截便送过去几车；一台小型压路机跟在后面，将众人推开摊平的铺料再次压平、压实即可。我负责推小泥斗车。

也就半个月，工程结束。刚好，我也该去高中报到了。

入学第一次写作文，要求记叙假期中一次有意义的劳动，不用怎么想，我就把这次参加公路改造的劳动经历给写了出来。当时，正值仲夏，劳动量不大，但头顶毒日头，一天七八个小时吸着浓烈刺鼻的柏油味，环境条件算是艰苦的。我在作文里着重写了众工友顶骄阳、抗熏烤的吃苦劲头，不想，竟被老师选送到全校优秀作文展上。不少同学在这篇作文前，从头读到尾，啧啧称赞……

现在，改造公路这件事也被记录到了县志里。

1961年初冬，整一岁的我，随父母从陕西蓝田回到家乡，一直到1979年冬应征当兵，头尾在故乡整整生活劳作十八个年头。仔细回忆，大概我也就参加过这三次大项劳动，未想却都被记载到了县志里。尽管不曾出现我的名字，依然感到这仍不失为我人生中的幸事。透过这些简短的记录，不仅我，还应该有更多的参与者，能够从中寻觅到自己的人生印痕，唤回那段美好的时光。

有时，我们遗忘了，故乡却永久地记忆着！

灵 角 牛

季节入了冬,我家对门身兼生产队队长的保之爷,带着会计从南阳赶回三头看着未满周岁的小黄牛,说,养上一个冬天,来年开春,春耕大忙时刚好派上用场。

队里原本养着三头牛一头驴,那驴却在收麦碾场正需要它的时候,得上传染病死了。那会儿的村集体土地并未分田到户,耕犁耙种、打麦扬场、送粪运粮,甚而果树园子里的拉套车水,只要是繁重些的活计,都难以离开这些牲口。我们村南去百多公里的南阳,除却盛产玉石之外,亦饲养耐力颇为出名的黄牛。保之爷心上一狠:买它三头回来,同原养的三头两两配对,农事再忙时就犯不着人畜混合着拉车、拉耙、拉耧了。

上世纪七十年代中期,尚以农耕劳作为主的家乡,还是过着日出而作日落而息的日子,平静且平常。村里稍有大小动静,街坊邻居就像遇到了事儿,奔走相告,拥到街上看热闹。三头南阳黄牛被保之爷赶回来的时候正值黄昏，虽然天已显冷，大人小孩多半穿上了薄棉袄，但大家依然手捧海碗在大街上席地而坐，边吃着饭边闲话着。

三头牛大概好些天没见过这么多人了，面对渐渐围拢过来的人群，瞪着圆溜溜的牛眼，竖起短而圆的双耳，挺胸抬头，用警觉的目光直视众人。它们通身如玉米粒般的黄，肌肉凸起，颇显健硕。我那会儿十三四岁，亦挤在人群里。

"咦，这牛角咋不一样？"我突然看到，其中一头的牛角短而粗，像倒插着的两根捣蒜锤。大家伙也都投来新奇的目光。

"它还会动。"保之爷看出众人的疑惑，就用手去晃那牛角。

"它叫灵角牛，有韧劲耐力得很。它还通些人性，好不精灵。"保之爷说，是花了大价钱才买来的。

"灵角牛、灵角牛！"众人也是头回听说还有这样的牛，都想用手去抚摸那牛角。

灵角牛似乎感觉到了人们的好奇，在大伙纷纷上前摩挲着它灵角的时候，温顺地低头闭眼，显出大为受用的样子。

尽管我好奇心驱使，也很想去触摸那灵角，终究还是收回了手。我知道今后的日子里，我会和这头灵角牛儿乎夜夜形影不离了。

父亲是在这年的夏天，也就是那头毛驴得病死了之后，接手当上队里饲养员的。当然，这里还有一段令人心堵的故事。起因看似是那头毛驴的死，其实并非如此。小麦开镰收割之后，地里的活一日重似一日，生产队给社员记的工分便由平时的每天十八分，增加到二十分，最高二十五分。饲养员每天的工分不分春夏秋冬、忙与闲，维持在十八分。那会儿当着饲养员的润叔看着别人天天挣高工分，不免有些眼红。工分，社员的命根！润叔说，我本事不高，养不好这些牲口。而且说走就走，第二天就要把铺盖卷搬出饲养室，扛回家。

"当、当、当"，夜色里传出急促的钟声。保之爷一边敲钟一边高喊：开会了！

"今夜临时开会，推选饲养员。"众人很快便聚集到保之爷家门口，脱下鞋垫在屁股下，席地而坐，手摇蒲扇，权当纳凉。

学校放了假，我们这些半大不小的孩子们，也就跟着大人们来"开会"。

会场好不沉闷，没有谁愿意在挣着高工分的时候去接手饲养员。大伙都不说话，只能听到他们手摇把断筋连的蒲葵扇所发出的扑嗒、扑嗒声。月亮已经偏了西，不知谁竟靠着老榆树打起了响亮的呼噜。

"难道叫我这生产队长去养牛？"我还没见保之爷发过如此大的火。

"我来吧，别为难队长了。"父亲突然站起来，说完，牵着我

的手转身就向我们家门口走。

"我属牛,又要养这六头牛,真命中注定?"我和父亲把那三头新买的牛牵进饲养室,走在路上他自言自语。

当然,那只灵角牛是我牵回的。

饲养室建在北街街口,是处四合院的三间街房。三间房刚好被分成三块:南头这间架三只石槽、埋六根木桩,是牛们的地儿;中间这间搭床铺、摆水缸和料缸;北头这间垒了隔墙,专堆草料。

润叔搬走的当天,父亲就带着我住了进来。

三头老牛并不欺生,三头新牛在路上奔波数日,大概饿极了,进得屋便埋下头狼吞虎咽。尤其那头灵角牛,吞上几口就要抬头看看我和父亲,宛若很早就相识了似的。

过年之后我考入初中,每天往返五六十里到邻村读书,上罢晚自习回到饲养室将近十点,别的牛卧地呼呼大睡,唯有灵角牛精神饱满,总是抬着头安然地咀嚼,反刍白天吃到胃里的草料。每晚,我要摸弄、摇晃一番它的灵角,摩挲一阵它的耳朵,在它脑门子上再轻轻拍上几下,方才踏踏实实地睡觉。我把它认作了我的伙伴。

北街口梨树园里的梨花,开得轰轰烈烈,俨然满园堆着的一团团白云。四处飞舞的蜜蜂,嗡嗡其间,让路人又听到了春天的声音。父亲从房前屋檐摘下绳套,六头牛一老一新两两搭配,套上爬犁，赶着它们走上田间小道，让它们熟悉足下的土地、气息，听懂驾驭它们的各种口令。父亲说这叫"试套"。

一个冬天下来，灵角牛果然较其他五头牛要壮硕许多。虽然它天生个矮，却长得肩宽股圆，肚子粗得就要坠着地了；四腿顶梁柱般粗；每蹄分作两瓣，踩在路上，不仅有力还留下碗口样大的印痕。它拉着东北雪橇一样的无轮爬犁，根本用不着低头蹬腿，就那么昂首挺胸轻松自在地行走在正拔节的麦田间。

灵角牛不用怎么试套，驾车、驾耧、拉犁、拉耙、拉碾、拉磨，不输马更胜似驴、骡。

杏黄麦熟，村西头打麦场上新收割的一捆捆小麦，被乡亲们铺摊开来，六头牛三头一组，拉着三只大石磙在打麦场上转圈圈。麦穗在石磙的碾压之下炸裂，麦粒随之就脱了壳。碾场，是最能显示牲口实力的时候。太阳是如此之毒辣，人站在它下面尽管隔着袖套、短衫，未曾裸露的肩背、胳膊也会被晒脱了皮。牛们拉着三只大石磙，就那么暴晒于阳光之下，轮番上场，它们全身的黄色皮毛如同被泼上了水，湿漉漉的。汗水顺着腰际流淌到肚皮下面，断线似的跌落……

那头老牛，是在第二轮上场时跌倒于地的。它挣扎着想爬起身，但腿肚子发软，压根儿就没能站起来。它的确是累了，横卧于地，四蹄奋力而蹬，尾巴高竖，使出最后一口力气，终究还是瘫软似泥。

"咋弄,咋弄?"父亲急,保之爷更急。

这场麦打不完,下一场堆积如山的麦捆就无法摊开。而地里等待收割的麦穗会被太阳晒焦炸壳,用汗瓣浇灌出来的麦粒就天女散花般撒落到了泥土里。若是颗粒无收,对于以食为天的农人们来说,没有什么比这更残酷的了!

保之爷把焦急的目光投向正在打麦场上转圈圈的灵角牛,原本该它卸套下场轮休的。

"这可不中、不中,它再累倒了,就耽搁大事了!"父亲明白,保之爷是想让灵角牛继续拉着沉重的石碌转圈圈。

"只好这样了,不用卸套,就牵它到场边站上会儿,喘口气。"在当下,生产队队长保之爷的话就是"圣旨"。

灵角牛被父亲连套带石碌牵到场边老杏树下,以为要让它下场歇息,就抬头伸出长长的舌头去舔父亲的手。可是,当父亲拍拍它汗如雨淋的头,并抚摸了它那短粗可以拨来拨去的灵角之后,兴奋的目光倏地暗淡下来,沮丧地低垂着头不停地在父亲的胸前蹭来蹭去。它终是明白,还是要接着到打麦场上拉那笨重的石碌转圈圈的。

父亲拎过一桶新打上井的凉水,倒进足足三瓢精麦麸,搅拌均匀,提到灵角牛前。灵角牛看了父亲一眼,再看看老杏树下等待翻场的众社员,将头伸进桶里去,一阵狂饮。当它再抬起头时,早先那呆滞、乞求的眼神，顿时变得灵光四射，焕发出坚毅和渴望！

灵角牛就这么一场接着一场，顶替那头被累倒的老牛，打完这个夏天所有收割回来的麦子。而且自此以后，无论何时上套出工，它从不磨蹭、耍赖、偷懒，总是第一个被父亲牵出饲养室，意气风发地驾车、拉犁、拉耙，日复一日地劳作在家乡的土地上。

过罢又一个春节，我考上高中，住到离家十多里远的学校读书。离开饲养室的那天早上，父亲边为灵角牛搅草料，嘴里边喃喃：往后你读书，就该像灵角牛，要有那股子韧性才行！

我不曾回答父亲什么，但在以后的日子里，我牢记着父亲的话，而且有关灵角牛的一切，也都留在了我的记忆里。

灵角牛，我精神的图腾！

师 傅 们

如果，季节是有味道的话，那么春天的味道，则一定是最为浓烈的，它能影响整整一年。如果，人生是有味道的话，那么年少岁月的味道，则一定是最为香甜的，它能让人回味一生。

开了春，到田地里去的人越发地多起来，影影绰绰。河面上的那层冰解了冻，流水闪着银光，粼粼烁烁。最为显眼的当数河堤边坡上的那行倒栽柳，细丝长垂，绿枝轻挂。然而，在我眼里春天真正到来的标志，却是村南土岗上的那座砖瓦窑。每年正月"破五"（初五）一过，窑顶上的三孔出烟口，便会升起三股时浓时淡的烟，恰似燃烧着的三炷香。它一会儿乳白，一会儿靛蓝；一会儿轻飏升腾搭上云朵，一会儿随风飘散袅然而去。

我之所以尤为关注这座砖瓦窑、这三股青烟，是因为烧窑的冯师傅回来了。

在故乡，除却一般地播小麦、点玉米，种植果蔬，还有相当部分需要技法的活计，得外请有此专长的师傅们前来帮衬。比如春天种西瓜，夏日踩获莲藕，秋时焙地黄，冬季榨油做粉条。村里若是缺了这样"懂活儿"的人，就会从外村请来师傅，包吃包住包工钱，一边儿干着活一边儿带着村里年轻后生，授徒传技。当然，我们村也有被外村请去做师傅的。我家邻居旺叔，就曾被百里之外的马桥村请去，帮着种"四大怀药"之一的地黄。如此，我们那一带几乎每个村子，都会常年活跃着一群除却种田之外身怀一技之长的师傅们，相互交流和传授着各自的本事。

我们村的砖瓦窑建成算是晚的，没有人懂得怎么去烧制砖瓦。于是，便从邻村请来了专事烧窑的冯师傅，从较远的陈村请来了做砖瓦的能手耿师傅。我与冯师傅的相识，则因了在窑场跟着耿师傅学做瓦的父亲。父亲是砖瓦窑建好后最先被大队派去跟着学艺的，那会儿，我上小学四年级。学校大门面南街而开，对着校门口还有一条直通村南土岗上的小路。它无意中为我经常到窑场父亲那儿蹭饭提供了方便。

砖瓦窑冒出了青烟。父亲他们要等到完全不再天寒地冻，才会到窑场上去。因为制作砖瓦所盘出的泥要赤着脚去踩，而且盘好了的泥也不能再遭冻结。还没有开学，我就想先到窑上去看看冯师傅。我知道这会儿的冯师傅是极为辛劳和孤寂的。烧窑开始用的是煤，后来因为煤价过高，相应地抬高了砖瓦价格，造成滞销，便改为烧麦秸秆。砖瓦窑只用一个人烧窑,冯师傅多了翻倍的活计。原本一车煤可以烧上一整天,而一车小山似的麦秸秆,投入巨大的窑炉中,过不了一个上午便荡然无存。冯师傅的工钱既不按天算,亦不按烧成砖瓦的数量计,而是按窑,烧成一窑给一窑的钱。

春节前落了场不小的雪,过年这几天气温回升虽然有所消融,但背阳的地方仍斑斑驳驳地残留着。麦田地里的雪倒化得干净,一片乌绿,像初夏时节的草原,无边无际。初春,麦苗儿正要从冬眠中醒来,开始分叉拔节,所以它是不惧踩压的。有的生产队还要套上牲口,在麦地里拉上石磙,有意将麦苗儿压裂,以使它更多地分叉拔节,日后长出密匝的麦穗。

"你来了!"果然,斜着深入地下十余米长的窑炉门道,堆满了麦秸秆。冯师傅赤着膊,黑红的脸膛挂着层汗水。他面庞方正,眉黑眼圆,口阔唇厚,个头虽不免低矮了些,却浑身的肉疙瘩。他正用三齿木杈奋力向窑炉里填塞着麦秸秆。

"我来试试?"我从他手中要过木杈,叉起麦秸秆,便使出吃奶的劲儿甩进窑炉,三孔烟囱所产生的巨大气流吸引力,令里面的火苗儿倏地腾起,并传出令人惊恐的呼呼声。

"给。"冯师傅从挂在窑道墙壁的布褂子里掏出一块钱,递给我。

"不中、不中!"我知道这是压岁钱。

"过年么!"趁着我的手为木杈所占,他顺势将钱塞进我的棉衣兜里。

"还是我来吧,你再又几杈,就得脱棉袄棉裤了。"窑炉里火光炽热,窑炉外挥汗如雨,冯师傅又从我手里要走了木杈。

"我的滚铃不知烧得咋样了?"我向他问道。

"绝对没问题。"

这窑砖瓦是年前就装好了的,中途,我说想要一个滚铃。它其实是一个拳头般大小的中空球壳,内里裹着一枚实体小球,放在窑里烧熟,结结实实,让它在地上滚,会发出虽不如铁铃清脆却很醇厚的滚动声,对于我来说颇为中听。

冯师傅像前几次一样,爽快而颇有把握地答道。自从同他彼此熟悉之后,每烧上一窑砖瓦,我都会央求他要么捏上一只小公鸡,要么捏出一只小兔子。总之,他有求必应。每回,我会拿着这些烧熟了的憨态可掬的小动物,在同学面前炫耀,引得他们投来羡慕的目光。这回的滚铃若是烧成了,没准,我的屁股后面又会跟上一大群小伙伴。

过了晌午,我不得不返回家去。烧窑是极为讲究火候的,火过旺,窑里压在底层的砖会加速软化,若是难以支撑起它之上的近万块砖瓦的压力,整个一窑砖瓦会瞬间坍塌,不仅砖窑难保,烧窑人亦会顿时身陷火海……而如果火力不够,十余天过去,窑门开启,烧出的则是一窑令人遗憾的红砖。上世纪六七十年代,

红砖是不受乡人待见的。冯师傅得不停地观察火焰,仅凭敏锐的直觉算计该投入麦秸秆的多少,所以我不能在他那待太久。若是我不听话,他会毫不留情地训斥我。

冯师傅开始烧第二窑砖瓦的时候,村南河堤边坡上的倒栽柳又绿了几分,春归的燕子贴着河面飞翔,翅膀所掠起的小朵浪花砸出轻轻地涟漪。土岗子上的野草率先拱出了尖尖苗头,似有似无,害得饥饿了整整一个冬天的野兔子们,在急促地寻觅、啃噬。耿师傅也回到了砖瓦场上,他带给我的"压岁钱"则是一支黑杆钢笔,这令我倍感欣喜温暖!要知道,我这时上学用的还是铅笔,而家庭条件稍好些的同学用的也不过是蘸笔。

队上,一块三十余亩大小的预留地,边上用高粱秆搭了新的马架草棚,从滑县请来的帮助种西瓜的郭师傅将住在这里。听队长说,夏季说到就到,往河湾里踩获莲藕的师傅也正在联络着。季节的交替带动起人员的交换,村子里冬天请来的诸如做粉条豆腐、榨油的师傅们这时已经离去。他们带来并留下了自己的本事,造福了一方,而他们所带走的则是我们全队的殷殷祝福和深深的乡情。下一个冬天,他们或许还会再来,或许就此天各一方,但这似乎都不重要,他们留在村里的痕迹早已烙印在了乡亲们的心坎上!

冯师傅这回做给我的滚铃,大概做薄了壳子皮儿,滚在地上所发出的声响,宛似童话里的风铃声,轻柔辽远,韵味悠长……

捉　鼠

说起来也怪，上世纪六十年代中期，尽管三年自然灾害已艰难度过，但乡村生活依然苦不堪言。尤其到了冬天，整个村庄竟然没有几家的灶头是冒烟的。可是，令人讨厌不已的老鼠却丝毫不见减少。我们家堂屋靠东的一间搭有木顶棚，上面摆的多是农具、旧家具，预备过冬的萝卜干、红薯干和干果。老鼠假若只是偷吃这些东西也就罢了，它们吃饱之后还要在顶棚上嬉戏，跳来跳去，叽叽叽地叫，弄得家具、农具叮咣乱响，扰人清梦，很讨人嫌。于是，父亲说得治一治它们。

堂哥大庆是村里的年轻木匠，木工手艺挺不错。父亲就登门请他帮着做个抓老鼠的笼子。在乡村做这样的笼子是件简单的事，第二天，父亲便拿到了手。笼子前入口下装踏板，上装吊板，后面有一连着踏板可挂诱饵的咬钩，老鼠一旦进入笼子接触踏板吞咬诱饵，咬钩脱落便会撬动杠杆，吊板冷不丁落下，老鼠不待转

身便被关在了笼子里。这天晚上，父亲用一块红薯干蘸上几滴香油，挂在了咬钩上。笼子早被分成前后两截，中间以铁丝网相隔，老鼠一旦闻到它所喜爱的味道，自入口进去吞咬，不待碰到诱饵就已迈进地狱之门……

冬季，天黑得早，父亲手擎着门板，将鼠笼子摆在了顶棚上。母亲则就着微弱的煤油灯，为妹妹缝补衣服。我像逮着了一件什么好玩的事儿，虽然早就趴在了被窝中，耳朵却一直在听着顶棚上的动静。可是，直到我迷迷糊糊睡着，顶棚上仍静悄悄的。这晚，老鼠甚至都不出来找吃的了。

"听说，这长大了的老鼠比人精明，能先知先觉。"母亲说。

"那就多摆上几天，老鼠也许懂得观察和适应。"父亲不以为然。

父亲说的似乎有道理，没过几天，大概也就是第三、四天晚上，全家人刚睡下不久，顶棚上便传来"哐"的声响，那是笼子口上方吊板落下的声音。一只老鼠果然被关在了笼子里。而有意思的是顶棚上只不过平静了几天，就被其他大难不死的老鼠闹得不得安宁。它们跳来钻去，寻找着吃食。尽管那只鼠笼仍然摆在顶棚上，它们却就是不再往那鼠笼子迈进半步。

"邻居武爷不是早说了，鼠笼子里沾到了那只被逮到的老鼠的味道，剩下的老鼠是不会再上当的。"母亲这会儿懂得比父亲还多。

"那也不可能做一回笼子，只用一次吧！"

"哪天下雨,放雨地里淋淋,再太阳一晒,味道就没了。"

这会儿,人和鼠似乎在较量着各自的智慧。

"我看还是养只猫吧,用不着这样子折腾。"父亲觉着用猫来逮老鼠是天经地义的事,而且省事得多。

"他叔家的猫不是刚下过几只猫娃么?"

"明儿个就去抱一只。"

叔叔从小过继给邻村一户人家。那座村子在我们村南,隔着条猪龙河。

父亲用一只布口袋装回这只黄黑条纹相间的小猫。在故乡有"猫认一百,狗识千里"之说,所以把它装进布袋,透气却看不到外面的情景,失去标识物日后长大就认不得回它出生之地的路了。

我们都觉得这只小猫形状极似老虎崽,讨人喜欢,便一致嚷嚷叫它"虎皮猫"。

果然,天敌虎皮猫到来后,仅凭它每天不停的叫声,顶棚上的老鼠们大概感觉到了险境,逃之夭夭,着实安静了好些日子。

虎皮猫长得很快,冬天抱它回来时,它常常晚上卧在我的脚后,像一团火暖着我。过了一个春天,快到夏天时它便长成了一只壮硕的大猫。这时顶棚上哪怕只有轻微的响声,虎皮猫也知道是老鼠忍受不住饥饿,要凭着侥幸出动觅食了。它不顾一切但却是悄无声息地顺着门板攀爬上去,只听咕咚咚一阵响,便传来老鼠惨

烈的叽叽叫声，数分钟后一切恢复宁静。它鼓胀着小肚子，爬回我的脚后蜷缩起身子，酣然入睡。

春渐行渐远，一场雷阵雨后，太阳在一夜之间遽然炽热起来，夏天就趁着雷声喧嚣而至，屋子里也愈加闷热。父亲在当院铺下两张草席，母亲把饭菜端放在草席上，我们全家人就席地而坐，边吃着简单的晚饭边乘凉。虎皮猫安静地卧在草席的一角，两只在淡淡暮霭中发出明亮机警之光的圆眼，直端端凝视着院角那堆残砖断瓦。显然，它觉着那儿会是老鼠出没的地方。

夏天的饭吃得很慢，一手执筷，一手摇着蒲扇，边扇动边品味饭菜的滋味，倒也惬意。天上的星星开始闪烁，夜终于有了凉意，躺在凉席上我们都有了些昏昏睡意。

"喵！"的一声，虎皮猫闪电般跃出，直扑砖瓦堆，那儿接着便传出老鼠的几声哀叫。

尚未等我们回过神来，猫儿已叼着老鼠消失在了浓浓夜色里。

院里和屋里同时安静下来。就这样，我们平静地度过了秋冬两季和热热闹闹的阴历年。

春天，无疑是令人愉悦的，它的树绿花艳、草青水秀、雨细气爽，往往会把人的思绪扯向悠远的地方。但这个季节的青黄不接又叫人尴尬和难堪，父母常常为全家人的一日三餐而东挪西借地忙碌。

"虎皮猫呢？"这天放学回来，母亲突然问我。

我一脸茫然。

刚开学，增加了书法和珠算两门课，本来课后作业就多，现在每天下午放学回来还得就着"田"字格写两张大字，练习拨算盘珠。虎皮猫这几天在没在家，我还真没在意。而且，前一段它也失踪过几天，父亲说它"叫春"去了。我那时的年龄尚弄不明白什么是"叫春"，只知道那段时日村子里的猫们从早到晚不停地撕心裂肺地叫。

"它自个儿会回来的吧。"我说。

四五天过去，它真的还就不回来了。

我们全家开始逐家逐户、逐巷逐院在全村寻找。然而，一无所获，不知所踪。

"白眼猫！"母亲愤愤然。

"嫌贫爱富，是猫都这样。"父亲倒是显得平静。

狡猾的老鼠们似乎感知到了猫咪的远去，不到一个星期就卷土重来，顶棚上到了傍晚再次传来叽叽嬉戏和寻找食物弄出的响声。

我们的梦境自然不时被这些嘈杂的声音所惊扰。

"这就没办法了？"晨起，父亲自言自语。

"那就借只呗？对门章奶家的大黑猫就常常被人借去。"母亲

提醒说。

"你去给章奶说说?"父亲觉得这倒不失为一种办法。

傍晚时分,大黑猫被母亲抱了回来。这家伙身长近两尺,浑圆壮硕,通身黑亮油光,配上淡绿色的眼睛,确有些"猫王"气派。

它大概不时为人所借,对陌生环境熟悉得很快。刚一被放在地上便轻手轻脚将屋子里的角落走了个遍,两只机警的眼睛四处张望,寻觅着老鼠的味道。父亲搬来梯子,把它抱上顶棚。它既不挣扎也不叫唤,迈开轻盈的步子,躲去了角落。这个晚上我们躺在床上竖耳静听,当然希望听到老鼠凄惨的叫声。然而,这个夜晚却格外静谧,不得不惊奇老鼠那超然卓绝的感知力了!而且,更令人不可思议的是,一连数日顶棚上悄无声息,倒是忍不得饥饿的大黑猫先自喵喵地叫唤,伸着头向顶棚下看,烦躁不安,欲跳将下来。

大黑猫被母亲送回了章奶家。第二天,老鼠们便若获得"解放"一般,顶棚上传来的叽叽叫声越发响亮,肆无忌惮。

"下药么,怎么不下药?"邻居武爷听说父亲折腾了好几个月,愣是治不住顶棚上的老鼠,就帮着父亲出主意。

"这可使不得、使不得!"父亲其实早就想到了这一招,迟迟不愿去做,是想到可能会殃及无辜。吃了毒药的老鼠在狂躁中四处找水喝,有的就死在了水缸里;有的死在墙缝、鼠洞和砖瓦堆里,恶臭四逸，数日不散；有的不幸被饿猫、饿狗吃掉，结果毒性二次发作，反倒毒死了猫和狗。

"那就和泥堵鼠洞。"武爷总觉得治鼠的办法多的是。

"试过几回了不中用。老鼠无孔不入。"

"也只有再养只猫了。"父亲还是露出了无奈。

从我记事到住校读高中，十余年间，父亲一直在变换着法子试图捕捉或赶走顶棚上的老鼠，可说机关算尽。但除却换来短暂的安宁，远远不曾斩草除根。长大后，当我知悉了自然界万物共生、共存、共亲的道理，便想到人们若是一味地欲将有害于己的生物赶尽杀绝，是不是有益于己的生物也会自行消亡呢？互为天敌的一方不存在了，另一方自然便会遭到淘汰。

破坏了规律，人类所遭遇的灾难或许更加难以估量。科学早就这样告诫我们。

铜香炉的悲剧

说起来还是"文革"中的事。

我家堂屋西山墙下摆着张两斗抽屉桌,桌上立件是用红木做成的神龛。神龛正中嵌着谢氏祖宗牌位,下面是座有着三只足鼎的铜香炉。母亲每天早上起床后的第一件事,就是擦拭神龛、桌面和铜香炉。所以,自我记事起那神龛就保持着纤尘无染、桌面几净,尤其铜香炉上突兀的部位更是亮铮铮的。

平时,铜香炉极少用到,只是每年从春节前的腊月二十三起,到正月十九祭添仓,几近一个月的时间中才有那么几天香炉里被插上香。青烟袅袅,屋宇里飘逸起怡人的馨香气息。印象深刻的是大年初一早晨,父亲和族中长辈,会带着我们晚辈在神龛前摆上供品,斟上酒,然后整衣焚香,下跪叩拜,祈祷各路神灵和祖宗保佑家人平安、六畜兴旺、五谷丰登、免灾避邪。这个时刻烛光荧荧,轻烟缭绕,一大家子人屏声息气,一派庄严肃穆。

春日的一个下午，放学回来，我忽然发现桌上的神龛和铜香炉不见了。看父母满脸的忧虑，也不敢多嘴问。晚上睡觉时我听到父母在小声嘀咕。

"藏到阁楼上去？"母亲说。

"红卫兵就不会爬到楼上去翻腾？"父亲反问。

"送他叔家去吧？他家是五好户，也许红卫兵不会去闹腾。"我叔自小过继给邻村一户人家。那家人很是勤劳、本分，人缘儿好。

"红卫兵挨着村搜，要是被搜到了，岂不连累了他们？"父亲总是比母亲想事情更细致。

这可咋办呢？一番叹息后，屋里沉寂下来。

原来，几天前父母接到生产大队通知，要求上交"四旧"物品，公社派来的红卫兵还要逐户清查。而在父母心里那神龛和香炉则是圣物，是神祇显灵的地方，他们极不情愿去妄加冒犯和亵渎。到了半夜，父母还在为铜香炉的去处发着愁，埋、藏、送、砸均觉不妥。末了，只听父亲说还有种做法可能比较保险，那就是把它送到身兼村干部的族叔家里暂时藏匿起来，先避过风头后再作打算。

"人家肯吗？"母亲担心。

"本家兄弟，想着也该给个面子。"父亲觉得颇有把握。他相信红卫兵再怎么着也不会闯到村干部家里去。

第二天，父亲以贺喜族叔当了爷爷做借口，把铜香炉放在竹篮里，盖上菠菜、花布，像平时串门，走进族叔家里。

"老哥这么相信我，躲过这阵风，啥时想拿回，随愿。"族叔知道铜香炉是难得的物件，虽不免担当风险，听完父亲的来意，还是答应代为保存。父母暗自高兴，以为终是找到了万全之策。三年之后"文革"风声不那么紧，人们再也不提除"四旧"的事了，父亲想到了铜香炉，便想着去接它回来。

"你还想着它呐，我当时就主动交给红卫兵了，要不查到我家里，我是跳进黄河也洗不清啦！"族叔振振有词，一副理直气壮的样子。难堪、追悔、气急，老实本分的父亲气得脸色煞白，却又不好宣泄，一声不吭回到家里，倒头闷睡。母亲还想再去理论，被父亲扯了回来。

"怪我笨，当初把它主动上交，一了百了，说不定还真没人敢打它的主意。"父亲懊恼不已。

其实，父亲还有另外一重疑问，那就是我的这位大老粗族叔所说是否为实话，他会不会早已据为己有？时隔不久，族叔突患中风，口㖞眼斜，不能言语。只能在他身上或许还能找到的铜香炉线索，到此完全中断，成为无法破解的谜。

阳 春 雪

阳春三月，黎明时分，阳春雪正借着天光流星雨般砸向地面。它米粒样大小、洁白，宛似海滩边粗粝的石沙。大概因了它的球形形状如冰粒一样的结实，便不似冬天的雪花或雪片是缤纷着从天而降缓慢飘落地面，而颇像来自天外的陨石雨云，一条直线奔驰而坠，只是后面没有拖着长长的炫目的曳光尾巴罢了。

东方天际现出一道隐约光晕，天放亮了些，但仍阴沉着。我漫步在故乡旷无沿际的麦田里，任凭冰冷的雪粒落在已经稀疏、花白的头发上，落在没有裹着围巾的脖颈，一点一滴的寒意直抵心窝，禁不住接二连三地打了一串寒战。随即，它便悄然融化，继而氤氲开来，头顶和脖颈就有了一片凉凉的濡湿。

雪粒，亦坠落在正蓬勃生长着的麦苗儿上，那韭菜般的叶片便如弹簧，将晶莹的雪粒轻轻抛起，划出一条条弯弯的弧线。只一会儿，跌落下来的它们也就消融在了泥土里，化作水浸透进麦田，

更浸润着业已到来的春天！其实，阳春时节，天是不该再有白雪飘落的，可它偏偏就在这个时候从天而降。懂得农事的保之爷说，春雨贵如油，阳春雪更是不输那春雨呢！是的，被凛冽北风吹袭了整整一个冬天的大地，干涸龟裂，尘土飞扬，连人们的脸膛和手足也被吹得粗糙和裂了口子。这时，无论雨或雪，或者那并不受人待见的冰雹，只要它们能为春天带来翘首期盼的水泽，浇灌麦田和心田，哪一样都是乡亲们所寄予希望的。

还在落着的阳春雪，毫无遮拦地砸在田野间那条坚硬并被北风吹得煞白的窄窄阡陌上，一粒粒触底反弹，舞蹈般起起落落，四下滚动。路面俨然铺上了层沙砾，我一脚踏上，就发出微微的咯吱声响。我尤是喜欢听到这样的响声，它让我这位已远离故土四十余年的游子的记忆回到了年少从前。我就着阳春雪，开始反刍故乡，咀嚼那些在故乡由泥土气息和梦境组合而成的日子。

三十五年前的那场阳春雪，我曾见证了它的任性与恣肆。那年，我正在邻村读初中，早起推开屋门的瞬间，裹着雪片的北风呼啸而来，让我打了个趔趄。雪，大概是从半夜时分下起的，院落里已铺上了厚厚一层。我走出村口，绿油油的麦田一夜之间，全为这铺天盖地而来的雪所掩盖。雪片，仍在借助风势，于阴沉的天空中上下翻腾，随后卷成雪团扑向地面，并顺风而滚，数丈、数十丈方铺展开来，大地被盖上了层洁白的毯子。开放了一段时日的梨花,也完全为它所打蔫,凋零孤残;已露出绿芽的柳枝,则无拘粗细皆包上了层雪,现出壮观且美不胜收的银装素裹……

风雪中,一行人影走出村头。他们顶风迎雪,肩扛麦秸,跌跌撞撞。走近了,我才认出打头的正是老队长保之爷。

"干啥去?"我掩面呵气,问道。

"盖红薯苗,要不会冻死。"

育红薯秧苗的池子,垒在麦田中间三棵老柿子树下,傍着那口专为它浇水的老土井。

"恁大的雪,不是刚好能歇歇?"阳春三月,春播春种,诸农事越发繁忙,而雨雪天正是叫人可以喘口气的机会。

"春雨春雪,求之不得,咱可不敢违了这老天爷赐给的福分。"保之爷大着声说。

跟在后面的武爷也随着道:"是啊,天下了雪,是天时;雪落了地,保了墒情,是地利。若就差咱这人和,糟蹋了日子不是?"

雪片密匝,寒风盛凌,他们俩的话我却听得真切。

这场阳春雪,这几句不经意间的对话,从此就像一瓶珍藏着的老酒,深深埋在了我的心底。大概唯以土地为生、以食为天的乡民们,最是敬畏天地,珍惜并感恩于这世间的万事万物了。

今天的阳春雪仿若别离既久,继续疾速而有力地砸向大地,麦苗的叶片终是被它压弯了腰。我正走着的这条田间小道,亦早

被它铺成一条彻白的雪路。它还像变戏法似的,让这广袤的大地,只不过两袋烟工夫,就改变了以绿为主色调的模样。

我也曾听到过村里老人,对这不合时宜的阳春雪的异议:这都眼看仲春了,天还下雪,邪乎,不会有个三灾两难吧?

这时,一行大雁从村南天际款款飞来,阳春雪终究还是收拢住了它的狂放,渐渐停歇下来。大雁踏着春的脚步北飞,这是春的回归。适才扑面而来的阳春雪,虽是桀骜却还是没能打落枝头正旺盛着的杏花。杏花傲然怒放,可说占尽了春色。还有在漫天大雪中展翅奋飞的燕子,盘旋、爬升、冲刺,与风雪共舞,不负着春光……

无论阳春雪多么的狂浪,挡不住的一定是春天越发迅疾的脚步!我这样想着,太阳竟倏地扒开阴沉的云翳,露出春意荡漾的笑。温暖的气息开始涌动,一行年轻人这时熙熙攘攘走出村口,也走到这麦田里来。别离故乡四十年,我根本认不得他们,但曾听街坊们说,他们大多在城里有了业绩,现在是回到村里,反哺故乡再度创业来了。可除却手中手机,他们身上几乎空无一物。

"现在干农活,锨、锄、锹、镐、耧、耙、犁、镰,那些老式农具早就过时了。"八十多岁的保之爷凑到我耳边大着声说。他耳背便以为我的耳朵也不那么好使。

翻耕土地、播种浇灌、施肥除草、收割脱粒,有一款手机在手,似乎就掌控了从种到管、从收到打、从运到藏的整个生产过程……

一场阳春雪,让我见证了新式农业正在开启着现代农村的新时代。

彩虹下的印痕

天寒冷着,聚罢餐,接着端上的果盘,依然是码得整齐的红沙瓤西瓜。没人说明这道理,原本适宜于盛夏的瓜果,却偏偏在隆冬时节去用作饱餐后的消食?

不过,每遇此刻便要引发我对于张姥姥的一番思念。虽然她并非我的至亲外婆,是我家对门怀德爷他娘,但在村里她年岁大、辈分高,还有着菩萨般心肠,颇受尊重,于是母亲对着我们兄弟姊妹们说,就叫姥姥吧,那样显得亲热。

我尤为深切地怀念张姥姥,皆因她曾为瓜农的动人往事,一直珍藏在我的记忆里,并时而触动在我胸中涌动着的情感。尽管它已过去近四十年。

"今儿黑咱开个会。西瓜已下种了,大伙都说说,谁去地里操弄合适?推荐推荐。"夜黢黢地黑,队长怀德爷沉着嗓门,闷闷地说。他家门口是块场地,每逢生产队开会,众乡亲在此稀稀落落或蹲或坐或立,影影绰绰的一片。

清明前后,点瓜种豆。队里去年年底盘点,账面上竟欠下千多元外债,怀德爷惊出身汗。他思忖多时,来年只有种上十几亩西瓜,到夏天卖了钱去抵上。眼看瓜苗就要顶开地皮,破土而出,得找人不离地地去打理。他找过几个,却无一应承。大伙儿都知道,仲春后地里活计日趋繁重,是挣高工分的季节。而约定俗成,诸如喂牲口、看守果园这些日日重复的劳作,每天工分基本不变,照管瓜田当然亦不例外。西瓜从下种到上市,前后四月余,虽难免日晒雨淋,其中重复活儿居多,工分每日较其他工种要低五六分,谁都能算出几个月下来得"亏"去多少分。

众人窃窃私语。

倒春寒虽抵近了尾声,北风仍裹着丝丝的寒意,挺久了,不知谁于黑暗里哆哆嗦嗦按捺不住:"抓阄得了,省事。"

"对,对,甭熬人了!"一声既出,引发一片嘈杂。但少顷,众人便又沉寂下来,大伙儿还是指望着能有人接下这活。

"真没人干?那就我吧。"张姥姥的声音从她家门洞瓮声瓮气地传出。夜依旧那么寂静,黑暗中似乎所有人的目光诧异地循着话声投向那个门洞。

"娘,你看你?"怀德爷背靠榆树,倒先惊出声。

"张婶行。谁还有啥说法?"又是那哆哆嗦嗦的声音。一袋烟

工夫,见没人再吱声,怀德爷说散会。

"娘再不说话,显得你多没能耐,娘不能躲在边上装糊涂。"回到家,姥姥对还在发着呆的怀德爷说。

五十岁上张姥姥的老伴得痨病去世,三口之家顿失其主,悲痛之余,怀德爷被选中为生产队队长,这给她添上了几许欣慰。那时,怀德爷既是独子又独身。

"十几亩瓜地,她一人去干,活儿也不轻呐;她娘俩该不是在演双簧吧?"第二天,我去井台挑水,几家邻居女人在那里嘀咕。

我顺路去说给姥姥听:"嘴长在人家脸上,想咋说随她们去。"姥姥似乎早听惯了这样的闲言碎语,眉端现出抹轻蔑的笑意。

瓜田被麦田围拢着,瓜苗儿比着麦苗儿长。雨季亦尾随夏季而至,天上常常会横过一弯雨后彩虹。张姥姥戴顶草帽,着对襟蓝衫,坐四方小凳,于瓜田间缓慢移动,宛若被彩虹牵着在侍弄那一棵棵瓜苗。她背后,一行凳腿儿留下的深浅不一的窝窝印儿,直直地伸向了远处……

惊奇的馈赠

往往是在"九九"过后，真正的春天方才来到。

按理说，一年之计在于春，真正的春天来了，人们就要开始辛勤地劳作了，尤其在乡间。可是，在我的故乡，豫北平原西部边缘一带，农闲却还是要持续一段时间。这个时节麦苗开始分叉拔节，底肥充足，加之节前下了不小的雪，墒情无须担心。所以，一旦麦田不用怎么去打理，农人们该做的事并不多。

但，春天毕竟来了，时序在拨动着春心，它的萌动也是阻挡不住的。于是，乡亲们脱去厚重的棉袄，换上较为轻薄的夹衣，走出家门，开始了一年一度的"叫春"。

春天的阳光，柔媚而又很是扎眼；春日的天气，温暖中夹带着一丝寒意。或是漫长的冬天在家窝得太久了，这个时候走出家门的乡亲们接受着鲜亮的春光的抚慰，晦暗的脸色开始荡漾起红润，加上轻装的衬托，神清气爽。他们或肩扛铁锹，沿着沟渠、田埂，边走边为缺口培上几锹土；或顺手挎上只竹篮，路过河堤、坡头，捡拾回被风吹落的枯枝败叶，用作烧火做饭。也有的就那么空着双手，漫无目的地踟蹰在田间地头，或者一时兴起，抬头仰脖子，吼上那么一声，来上一段豫剧《朝阳沟》……

他们并不图什么，只是为了联络上整个冬天清闲在家而与土地疏远了的情感，接上脚下那蕴含着生机和活力的地气！

这个时候，在辽阔无际的麦田里，甚至看到了众多骡马驴牛的影子。饲养员们牵着它们，顺着它们曾经拉着犁、拖着耙、驾过车的田间土路，来回地走，好让它们早一些嗅到土地的味道、春天的味道，为日后麦子的收打、玉米的点种积攒情绪。整个冬天的闲养，它们一个个膘肥体壮，骡子和马会一个劲儿地扬头甩尾。偶尔，马匹们还会用有力的前蹄刨几下坚硬的路面。而牛们则时不时低头长哞，宛若拖着长烟的火车拉响汽笛，于田地上空回荡不已。最有趣的当属耳长、腿长、尾长且毛色光溜的毛驴，走着走着，它会突然倒卧于地，抖动四蹄翻身打滚，翻来覆去，不打上四五个滚它是不会起身的。饲养员干脆丢下缰绳，笑眯眯地注视着它，让它打个够。曾经当过饲养员的父亲告诉过我，驴打滚是它消除疲劳的一种方式，尤其在它下地拉过犁耙之后，打过几个滚便满身轻松了。而叫我说，它在春天的土地上不停地翻滚，是在用它独特的方式亲吻和拥抱着身下的土地……

这些牲畜们同样知道，它们的生生养养是离不开春天、离不开土地的！

有时，我甚至相信，它们什么都知道、什么都懂。有时，我还会奇特地想，它们会不会说出几句什么话来？

"敏儿，快些起床，到麦地里去跑跑！"一个星期天早晨，母亲突然招呼我。

"咋着个？"我不知道母亲为何那么急切地让我起床，便拽紧了被子赖着不动。

"春天的露水能治病，你到麦田里去跑跑，打打露水，小腿肚子上那些痒疙瘩说不定就好了。"母亲走到床前，帮我掀开被子。

三四年前，我可能得上了荨麻疹，每到春天，小腿肚子上会突然成块地红肿、发痒。过上一段时间不用怎么治，又快速消退，也不会留下什么疤痕。不过，它年年春天复发，疼痒难耐，却又抓挠不得，让我很是痛苦。

母亲说，这是她从对门章奶那里打听到的治痒土方。在春萌动的时节，到麦田里去兜圈，打湿裤脚的露水会间接浸入小腿肌肤里，从而治愈一些皮肤病。

我听了母亲的话，就穿着一条单薄的裤子，一溜小跑到村外的麦田里，张开双臂，像要飞起来似的。

这时的麦子分叉拔节，尚未长到半尺高，刚好淹没了我的脚

脖子。太阳即将升起,鲜嫩的光泽隔着轻纱样儿的雾气,使它像涂了胭脂,殷红成了一团,又仿佛一只灯笼,遥遥地挂在春日的天幕上。我顺着麦垄一阵小跑,不一会儿,两腿膝盖之下的裤脚全被缀在麦叶上的露滴打湿,贴到腿肚子上,果然就感到了沁心的冰凉……

从这天起,母亲每天一大早就叫我起床,让我到麦田里去跑上几圈,回到家换下被露水打湿的裤子,再到学校去出操和早读。

从这年起,我小腿肚子上的荨麻疹,果真就再未复发。

这该是春天给予人们的又一个惊奇的馈赠了!

两 棵 树

我们村上世纪六十年代还只有东西向两条街,一条北街,一条南街。

村中长着两棵古树,一棵在北街,一棵在南街。

两棵古树树种不同,北街的是榆树,南街的是槐树。

南街的槐树或是更老了一些,有的枝条虽然伸出得够远,粗硕遒劲,却只挂着稀稀疏疏的叶片,而且并不怎么开花。树身子上还朽出了个洞,口儿海碗那般大,平时能够看到鸟儿们在警觉地进进出出。而北街的古榆则大不相同,虽然也长到了三五人方能合抱得住,但枝叶依然茂盛。尤其初夏时节,浓密乌绿的叶片堆就出巨大的树冠,如一朵闲云悬停在那了。

古槐长在焦姓爷爷的大门口;古榆则长在姬姓奶奶的院子里。

在外界人看来,两棵古树各有其主,但在全村人眼里,它们则完全是公共物,甚而可以说是大家心目中的圣树。

对于一棵树的膜拜,不仅仅在我们村,也不仅仅限于我年少的那个时候,似乎他乡亦是如此,且古已有之。记得小的时候,一岁多的妹妹常常无缘无故地哭闹,几乎整夜不歇,惹得父母满肚子的火气,却束手无策,不知该怎么发泄。她既不发烧也不拉肚子,即便从大队赤脚医生那开了药来,也不敢随意使用。农村人讲究偏方、验方、秘方,于是母亲就去向对门的章奶讨教。

"她丢了魂儿了,你晚上到村西的树林子里去把她叫回来吧!"章奶对着母亲说,并"如此……如此……"地交代母亲不能犯什么样的忌。

新中国成立后父亲在陕西的蓝田做小本生意,六十年代初方举家迁回故乡。母亲是河南漯河人,对于村里的风俗和古怪离奇做法是弄不明白其中的"道理"的。于是,多数时候听从于街坊邻居们的传教。天黑下来,母亲就牵了我的小手来到村西的榆树林子里,摸着黑边磕磕绊绊地走,边呼喊着妹妹的乳名"回来吧、回来吧"地叫。夜色沉静,尽管母亲的呼喊声并不高,不是那么凄厉,传得也不远,不明就里的人听起来可能还是会觉得害怕。后来,我才知道这叫"叫魂"。母亲在树林子里呼喊了好一阵,回到家妹妹已在姐姐的怀抱中抿着小嘴睡熟了。此后几天,每到夜晚她照样还会哭,只不过哭的时间短了不少,不显得那么折腾人。

经历了这件事,我大概潜意识里开始留意,农村妇女尤其上了年纪的老人,似乎遇到什么不可解释、无法厘清的事儿,就爱往树林子里跑,或者绕着一棵大树自言自语,不是在祈祷希望就是在祈求宽恕……

八岁的时候父亲送我到村东小学就读,每天至少六次从姬奶奶家的小院前走过,有时禁不住透过街门向里张望。偶尔会看到那棵古榆树下摆着一只香炉,青烟顺着树身向上飘;树身上贴着的红红绿绿的纸条儿,微风吹动,瑟瑟而抖,但我却不知道这是在干什么,回家好奇地问母亲,母亲只说你再长大些就都懂得了。

我自然是会长大的。再长了几年知道的事情果然就愈来愈多。

那是小学快毕业的时候,又一次放学从姬奶家门口路过,远远地就看到门口里三层外三层地围着一众左邻右舍。我挤进去想看热闹,就听到我叫祖爷的德禄爷正对着一对中年兄弟俩大声训斥:

"你爹娘把你俩养活这么大,娶了媳妇成了家,你俩也都当爹了,如今,你爹死了,你娘得上重病,你俩还有你俩的媳妇就不该去照应照应?没良心的东西!你俩别不信,姬奶家这棵老榆树上可住着各路神仙呐,天天在看着咱全村人的德行。你兄弟俩若不怕遭报应,就尽管各顾各吧!"

德禄爷在村里年岁最大、辈分最长,他一旦站出来说话,那事情必然是到了很为严重的地步。

我钻出人群,朝着那棵正挂满榆钱儿的古榆树看去,仿佛要

从那密匝而翠绿的榆钱和叶片间寻找到什么。可是，除了一群麻雀在那儿叽叽喳喳却什么都没找到。不过，从这天起每次再从姬奶家门前经过，我会禁不住要向着古榆树那巨大的树冠张望。甚至，有时我会梦到绿乌如盖的树冠，那里面似乎又有虚虚实实的人影在忙碌……

姬奶家古榆树上的榆钱儿在悄然泛黄，渐渐老去的它们开始随风飘落。而焦爷家门口的古槐方才稀稀落落地挂上几串槐花，在风中轻轻摇曳，散发出的馨香只有走近它时尚可闻到一丝。又是一个清晨，我们刚早读完毕，要回家去吃早饭。学校大门朝着南街，适才出门，一阵清脆的鞭炮声从街中传来。在乡村中放鞭炮一般不是寻常的事儿，我们循声而去，焦爷家大门口的古槐树下，铺着层红红的纸屑，几缕青烟从纸屑中袅然而升。三四位小伙子手持斧、锯、镐、锹、绳，头发花白且凌乱的焦爷指指点点，看势头大概是要将这棵古槐树连根刨起。

"可不能，可不能啊！"这回出门劝阻的是焦爷的哥哥。哥俩早年父母去世后分家，自立门户过了十好几年。当初分家时，古槐分给了焦爷。

"您那侄儿要找媳妇成家，不卖了它，哪儿弄钱去？"焦爷心里其实是并不想卖掉古槐的。

"不能再想想别的法子？这树上可住着东西呢！咱爹、咱娘走的那会儿咋交代咱俩的？日子再怎么过不去也不能打老槐树的主意！"焦爷大哥所说的"东西"，亦即德禄爷所讲的各路神仙。

"我早几天就在这树下烧了香，告诉过他们了。今儿，这不又放了鞭炮送他们走吗？小强都三十好几了，找下门亲事不容易！"焦爷不得不坚持。

"他焦叔啊，您哥说得对。咱这村子年年风调雨顺，平平安安，连个小偷小摸都见不到，全赖着这树上住着的各路神仙在看着、保佑着咱们！您儿子找媳妇要花大钱，确实困难，我叫大家伙一齐想想办法。这老槐树千万可别刨了！"德禄爷也赶了过来。古槐树下一时间聚集起众乡亲。

"大伙儿给凑的钱，往后不也得还么？"焦爷知道欠债难还，是件挺折磨人的事。

"你这人，犟！咱就不能走一步说一步？"焦爷大哥想动脾气。无父兄为长，父母走了，大哥的话就是父母的话。

"是啊，他焦叔。凑钱这事我就揽下了。日后咋个还法，也由我说了算！"德禄爷到底年岁最大辈分最高，尽管大家不是一个姓，但久而久之，他的威望便跨越了姓氏，为众人所敬重。

"既然德禄爷说了话，那就先不刨了。我也怕他们降罪于我呀！"焦爷朝古槐那巨大的树冠看了一眼，连忙招呼那几位小伙子收起各自的家伙，返回家里去。

众人亦散了场。我的目光朝那老态初显的古槐树冠投去,还是想透过它的枝丫和稀疏的叶片、花朵看到些什么。当然,这只是好奇而已,它能够让我看到什么呢?不过,经历过这两件事,古槐和古榆在我心里却是真切地神圣了起来。

祠 堂 里

　　谢家在我们村是大姓，所以，村南街西头不知从哪一代起，前辈人专门盖了座谢氏祠堂。它坐北向南，虽仅只一进，主殿却有着五间头的宽。因没盖街房，大门楼则修得相当气派。大门四扇开，下面各挡板分别刻有梅兰竹菊，上部格子窗棂相对应雕着喜鹊、蝙蝠、麒麟和猪，禽鸟瑞兽皆现。支撑"人"字瓦脊的两根横置门梁，两朵垂莲含苞待放，倒悬其下，呼应着门柱两旁摆放着的一对青石石鼓。尤其，出自乡贤手笔的"谢氏祠堂"匾额，颇显气势，居高临下，夺人心魄。这样的门头在简约中透出浓酽的庄重、威严与圣洁，令来到它面前的人尚未进得门，就早早收敛了内心，脸上在一瞬间浮起肃慎和敬畏的神色；而当一旦踏进了门去，便准备着沐浴祖先的福荫和恩泽了。

　　走进院子，东西各三间厢房，过去大概是用来筹备祭祀事宜和长辈们暂且歇息的地方，平时空闲着门扉紧闭。一条青方砖铺就的甬道直通五间头大殿。大殿原本按规制只高出两间厢房三尺之多,若再加上一尺多高的基座,尤显出了它越发巍峨的气派。当然,院落里少不了栽种古柏、古槐,沿着甬道两侧,棵棵得两人合抱那么粗。这树的年轮恰恰证明了这祠堂所经历的风雨岁月。每棵树的树冠都蓬隆开来,挡阳蔽日,营造出整个祠堂庭院肃穆幽深的庙堂之气。

五间头的主殿自然是气度不凡的,正中央的这间就更引人注目。黄花梨木制祖宗牌位,高高地镶嵌在青砖垒就的后墙上,两旁则是从檩条上垂下的黄绸帐子,其上密密麻麻记载着祖辈们自山西洪洞迁徙而来,子孙后辈繁衍十数代,逝者在世者或没了姓过继他家的每一个人的名字。这悬垂而下的帐子,其实就是记载谢氏香火延续的族谱。假如说每个人都有寻根的情怀,那么,这座被村人们视为神圣之地的祠堂,正是根之所在了。

在我的童年记忆里,人生最庄严神圣的那一刻,莫过于每年大年初一晨起跟着大人们前去揖拜祖宗的情景。其时,我们身着新装,刚刚放完初一的鞭炮,全身上下透着开门迎新的喜气。去给祖宗磕头去了!父亲牵过我的小手来到大街上。街上,人们不约而同,边互相作揖拜年边说着些吉祥的话儿,朝着祠堂走去。

长辈们,早已在祖宗牌位前的香案上摆齐了供品,两根孩童胳膊般粗的大红蜡烛,烛光冉冉,映出绰约人影。所有人屏声息气,默然肃立。

"上香!"司仪德贵爷见时辰已到,环视众人,高声喊道。

村中辈分最高也最年长的春霖爷应声,燃着三炷小指头般粗的长香,举过头顶,双目微闭,对着牌位拜了三拜,然后端端正正插在条案上那只硕大的铜香炉里。

"脱帽,三鞠躬。"德贵爷再次喊道。

于是,众人便又随着他那沉重的喊声,毕恭毕敬地鞠了三个躬。

揖拜仪式也就这么两个程序,但相对于祖先们来说,这是我们后来人一种虔诚的告慰,更是一年一度的感怀和内心的省视。春霖爷就常说,你这一年做人做得咋样、干事干得如何,就看你大年初一这天早上,站在祖宗牌位前面是不是心无愧疚了!

这一年我六岁,刚好记着了春霖爷说过的这句话。

当然这一切在那场声势浩大的运动到来后不久,便作为"四旧"活动的场所而被锁住了大门。开放了几近百年的祠堂归于沉寂,成为一处村里人不敢也不愿踏足的禁地。而无法预料的世事,却从另一个方向帮着村人们推开了祠堂大门。那是两根高压线的架设进村。

故乡,是块看不到边际的良田沃土,大概方便电线的架设和电力的传输。那场运动刚来不久,随着"促生产"口号的叫响,一排水泥电线杆从村子东北方向迤逦而来,引入村里为此专门建

成的配电房，其实也就是一台变压器和几排大闸刀，电由此便通到了村里。家家户户亮起了电灯，这是我们这座古老的村子、千把口世代农耕的村民，头一次见到光芒四溢的灯光。街坊邻居老头老太往往用惊奇而兴奋的目光久久盯着那白炽灯泡，目不转睛。而我们这帮孩童则以每天傍晚，谁能第一个爬到街边的电线杆上，去拉开街灯开关为能耐……

两条电线的进村开始逐渐改变村人们的观念。尤其，当相邻几座村庄纷纷用上磨面机、碾米机和弹棉花机的消息传来，大伙儿便开始吵吵"咱村啥时也能用上这些机器？"

"村党支部研究了，咱村也准备上马，而且是磨面机、碾米机、轧棉机、弹棉花机一齐上，总共四台马达，六台机器。这么大的阵势，大家伙回家后帮支部琢磨琢磨，把机器安在什么地方合适？"一天晚上，全村人开完忆苦思甜会，老支书顺便说道。

"好啊，好啊！"

"大家都盼着呐！"

走在各自回家的路上，人们开始大声议论，有的说安置在大队仓库，有的主张专门盖几间大砖瓦房，有的表示可以把自家多余的房给腾空了，无偿提供给大队用……村庄的夜本来就寂静、空旷，现在被这些高高低低的说话声完全淹没，就更显得寥廓和深邃。

"我们几个大队干部商量了一下,也大概估算了一下,觉得还是把那六台机器安置在祠堂里合适,刚好可以摆得下。"又过几天,村里开活学活用讲用会,散会前老支书宣布了最后决定。

"这?那里可是祠堂啊!老祖宗们的魂儿都安息在那儿的呀!"坐在墙角的德贵爷,嘴里吧嗒着长杆烟袋,忍不住咕哝。会场里安静,大家伙都听到了他的不满声。

"这不成!祠堂是啥地方?摆祖宗牌位、咱们上香磕头祭拜的地儿呀!"春霖爷忽地站起来,大声嚷道。

"春霖爷啊,可不敢再提去祠堂磕头上香拜祖这件事了!眼下,这形势可是绝对不允许了!"老支书对着春霖爷,也像是对着下边所有的老少爷们在劝说。

"要让咱们忘了祖宗,不成!"春霖爷这会儿哪能听得进。

"爷呀,这可是件上纲上线的事,您就别再顶牛了!"老支书不得不加重语气,脸色变得严肃起来。

"日后再说吧!"

"三十年河东,三十年河西,日子长着呢!"

大伙儿低声议论,春霖爷左顾右盼了半天,才极不情愿地蹲回到地上。

祠堂正殿里的谢氏祖先牌位及两侧垂下的绸帐,被老支书细心收起,郑重地教给春霖爷保管。殿东山墙下被挖开三孔大洞,

墙外加盖了耳房，一台大马达带动地杠转轴。转轴上三只转轮，每只转轮套着一根皮带，通过三孔墙洞，与墙内两台弹花机、一台轧棉机相连。在殿西山墙下，还是一台大马达，带动一台中型小麦磨面机。一天下来，它能够磨面两三千斤，足够全村人吃上个三五天的。东西厢房各安装一台碾米机和玉米磨面机，当然，它们由两台小马达带动。昔日，庄严而沉寂的祠堂，也不过一个星期，便变成一座磨面、碾米、弹轧棉花厂，电灯光亮亮堂堂，机器声轰轰隆隆。乡亲们肩扛手拎，进去时是籽棉、玉米、谷子和小麦，出来时就变成了皮棉、棉花、小米和面粉。他们相互打着招呼，脸上洋溢着满足而舒畅的微笑。

大队叫八个小队各派出一人，指定父亲负责整个厂子。于是，那时尚处在少年的我，便每天跟着父亲去祠堂里看起了稀奇和热闹。这天，各台机器正响得起劲，春霖爷倒背着手，迈着他那特有的八字小步，慢慢走进祠堂里来。陪着他的德贵爷，不时指指点点。

"二位爷来了。"父亲赶忙迎出殿外。

在村里我家辈分最小，见了大多数街坊邻居无拘年纪大小，张口闭口，不是喊爷就是得叫叔、呼伯。

"哼！"春霖爷好像还在气头上，不愿搭理父亲，一步一步挪进殿门。他环视片刻，转身拍了拍门框，走到院中，抚摸着那棵挺拔伟岸的古柏,半晌对着德贵爷和身后的父亲咕哝了一句:"唉,也只好这样了!"

第二天,我看见春霖爷的大孙子肩扛着一袋小麦来到祠堂。

第二年春上,春霖爷溘然长逝。然而,祠堂里的四台马达、六台磨面机、碾米机、轧棉机、弹棉花机,却直到我读完小学,还在天天轰鸣作响……

古台越千年

在未当兵前,我人生的前十九年一直生活在故乡温县,因为常能从长辈的口中听到些有关故乡的历史故事,我自认为对这块土地很熟悉。1979年年底当兵后,业余写作需要翻阅古籍,这一看石破天惊。原来,我对家乡的历史不仅说不上了解,甚而可说是一无所知。

看来,我真的是愧对曾养育过我的这块土地了!

温县位于河南省西北部黄河北岸,北眺太行与沁阳市、博爱县为邻,南隔黄河与巩义市、荥阳县相望,东连武陟西接孟州,面积五百余平方公里。境内土地大多平坦肥沃,气候宜人,颇适农耕,是远近闻名的产粮大县。县志记载:"夏时已建古温国(因境内有温泉数眼而得名),商、周为畿辅腹地。春秋(公元前635年)晋国在此建县,战国至秦汉,温城(遗址即现在的招贤乡上苑村北、番田乡东城外村南一带,《水经注》有明确标示)已是'富冠海内'

的'天下名都'之一。"西晋秦始二年（公元266年），温县治由古温国城迁至晋城，即今招贤镇。隋大业十三年（公元617年），再移县治于李城（今温县城）。作为县制温县曾数度被废，但都时间不长，便得以恢复。温县番田镇东城外村就是我生活过十九年的地方。

年少在家时，也曾听村中老者说，我们村所以叫东城外村，是因为村西高坡地上建有古城。高地另一端亦有一村，名曰西城外。可是，地面之上却无任何遗存，乃百亩良田。我参与过在这块高坡地上打机井和兴修水利挖沟布管，没遇到任何建筑遗物，所以此处是否曾建城池尚待考古证实。倒是村南与上苑村毗邻的那块高地，亦即后来筑成虢公台的地方，生产大队在那里开窑取土，挖出过古砖、古瓦，说明古温国建城于此是可信的，县志上亦有明确记载。依我看，可能是这座古城的一角延伸到村西的那块高坡地上去了。

或得于地理之便，或长于手艺技法之精，或优于历史之悠久绵长，故乡的这片土地注定人杰地灵，被誉为"三多"之地：名人众多，如春秋孔子门下七十二贤之文贤卜商、三国军事家司马懿（晋朝建立后追谥晋宣帝）、晋朝开国皇帝司马炎、北宋画家郭熙等；传统技艺多，最为著名的当数明末清初陈家沟人陈王廷创建的陈式（氏）太极拳，今已繁衍出支派杨、吴、武、孙式；历史

遗存则更多，商代帝祖乙曾的邢丘遗址、东周盟书遗址、春秋虢公台遗址、汉代烘范窑遗址，不一而足。而这里我欲加详细述说的便是地处上苑村北、东城外村村南高地之上的著名历史遗迹虢公台。

虢公台与古温国都城同建在上苑村西北的土岗之上，但时间相差千余年，而且开始筑台时这座城池或已东迁，"县治移于晋城（今招贤村）"。它夯土而成，西临清澈蜿蜒的猪龙河，四周环以榆柳杨槐诸树，台上曾碧草青青，远望堆翠叠绿，在一望无垠的原野上，被衬托得俨然一座苍黛色的山。台始筑于公元前704年，时值东周周桓王姬林称霸伊始，社稷尚不够稳定，他却好战，急于扩张，令臣虢公仲率兵讨伐晋之曲沃。公仲思忖：此时攻城略地，众将士士气低沉，十有八九会无功而返，难免被桓王处罚一死。他便不再着急，令众将士聚土为台，誓师后而伐之。台为坐北面南之马蹄形，高三丈余，东西长一百六十丈，两头宽约百丈，中间宽三十余丈，如岭似岳，巍巍峨峨。虢公仲选一吉日，万众誓师于此。将士们精神振奋，士气高昂，果然所向披靡，凯旋而归。而这座土台由此被称为虢公台。

伐晋之后，虢公台并未被遗弃。它上面长满了碧绿的青草，郁郁葱葱，且风吹不散，雨淋不垮，成了乡里人登高望远，或春赏百花夏纳阴凉的惬意之所。

941年之后，虢公台再次派上用场，时在魏景初元年（公元237年）曹叡继帝位而称雄中原。镇守辽东的太守公孙渊却自不量力，公然叛魏，自封燕王。曹叡怒不可遏，景初二年正月，他命太尉司马懿及其子司马师率步骑四万余北征，讨伐公孙渊。司马懿（公元179—251年），字仲达，温县孝敬里（今河南温县招贤村，与东城外村相隔不足五里）人，为汉初殷王司马卬十三世孙、东汉京兆尹司马防第二子，系世代为宦的世族地主。他年少时就博学，聪明有大智慧。建安六年（公元201年），他被推举为上计掾，曹操此时为司空，下令聘用。司马懿知道曹操平时奸狡，不愿仕曹，便装病拒出。后曹操就任魏丞相，派人强聘，司马懿这时有些害怕，不敢不去，聘为文学掾。令他和曹操都没想到的是，虽然在文学掾任上没取得什么成就，倒是他的天才军事韬略在日后施展无遗。他的一生虽然坎坷，几次险些送命，但也写下了人生最为得意和光辉的几笔。其一，在魏蜀战争相持数年中，唯他敢与"神人"诸葛亮抗衡、周旋，尤五丈原役，坚守百日，诸葛亮"出师未捷身先死"，使三国鼎立之势至此成定局。其二，魏嘉平元年（公元249年）正月甲午（六日），他设计制造高平陵之变，尽斩曹爽弟兄及党羽；又征战甘平（今淮南市）剿杀曹彪，挟天子以令诸侯，将魏国诸王集中于邺，命地方官监视，为司马氏日后开国建朝做下铺垫。其三，善教子孙。他一直将他的两个儿子司马师、司马

昭带在身边，南征北战，文韬武略，最终击败吴、蜀，迫魏曹禅让，建立西晋，统一中国。他的孙子司马炎，不仅是西晋的开国皇帝，且擅长书法，是行书大家。

司马氏身经百战，此时已扼魏国半壁江山，视区区太守为芥尘，速战速决，八月便破渊于襄平城。景初三年正月，出征整整一年的司马懿一路浩荡返回魏都洛阳，途经故里他心情大好。为显示战袍未脱征尘未洗的豪迈气概，挟战胜之威，他置酒席百桌于虢公台上，令众将士擂响自编自创的"司马懿得胜鼓"，连续三日大宴父老乡亲及当地官府。司马懿把酒当歌，对月长吟，意气风发，豪情万丈。虢公台再次沸腾，它仿佛变成一行辉煌的字符被载入魏国史册。这之后有人将虢公台改呼为"贺酒台"。

我较多涉足虢公台，是在上小学之后。那是上世纪六十年代末，村里在靠近它的地方开了座砖瓦窑。父亲被大队派去制作房瓦，早起盘泥、做瓦，傍晚收瓦、码瓦，吃住都在窑上。村小学正好与它遥遥相对，相距也就一里多地，下午放学我就会跑到那儿去玩。这时的虢公台已不似先前那般突兀，几乎与这块高岗地持平，杂草丛生，一派荒芜。其上，或有几堆坟头，枯草笼罩，孤鸟盘飞，苍凉凄楚。看来，历史的烟云会侵吞一切繁华、壮美、绚丽，包括功名利禄。

而到了上世纪七八十年代，虢公台靠我们村的这一侧，倒真的变成了村属公墓。村里大凡有人故去，无论男女老少，无论生前远邻近舍或冤家仇人，无所谓风水好坏，坟头均挨个而列，没有选择余地。我的父母亲也都葬到了这里。前些年，我回去为父亲上坟，离公墓不远的上苑村侧，亦即虢公台东端，一座高大的坟冢拔地而起。冢前并立巨型石碑，听人说是刚刚堆起的温姓人的祖坟。我后来查阅县志，果然，远古时的温姓人以古温国名为姓，绵延至今已近四千余年。县志记载，秦之前温内已有温、苏、公孙等九姓。我也曾翻看过居住在广东的温姓人家的族谱，上面明确记有：其祖，河内温也。

虢公台，是否也可把它看作一个姓氏起源的标识呢？除此还令我想到，倘若疏于教或学，即便在这块土地上生活哪怕一辈子，也不一定真正了解和熟知你脚下的故乡。

　　这时的虢公台已不似先前那般突兀,几乎与这块高岗地持平,杂草丛生,一派荒芜。其上,或有几堆坟头,枯草笼罩,孤鸟盘飞,苍凉凄楚。看来,历史的烟云会侵吞一切繁华、壮美、绚丽,包括功名利禄。

难以忘怀的地黄

故乡温县在中原腹地,是块坦荡如砥的大平原,因古时称怀庆府,所以产自这里的四大名特产地黄、山药、菊花、牛膝,并称"四大怀药"。近几年,俗名"铁棍山药"的怀山,健脾胃、补肺肾,尤强肾之性状功能卓绝而备受推崇,价格连着翻番,成了炙手可热的滋补品。然而,在我的记忆里,地黄所刻下的印痕,却是当下的怀山远远无法比拟的。

地黄,又名阳精、地精,属草本植物,根叶丛生,开着紫红色五裂唇形喇叭状花。可入药的是它长于地下肥大的地瓜形块茎,不过它远没地瓜那般粗壮,体细而长,颇像一根扭曲的小麻花。但就这么一根看似不甚起眼的金黄色块茎,在故乡那块极少经济作物的土地上,却承载着庄稼人最为深切的希望,甚至把它视作生活中的圣物。

刨地黄的季节在秋末,土语叫"出",也就是把成熟的地黄从

地下挖出。这个时候正天高气爽，日坤月朗，云在天边飘，风贴地际吹，如此惬意的晚秋境况，即便是这样粗犷的劳作，亦令人倍感舒坦。这一天，全村家家户户宛如履约，人人肩扛特意打造的铁制长镢头，腋下夹着八百响鞭炮，来到各自地头。他们纷纷撕开包装，拎出那辣椒串般的鞭炮，就那么用手提着，点燃。噼噼啪啪的鞭炮声在空旷的田野间骤然响起，震耳欲聋，排山倒海，过大年三十似的。而那一团团蓝色烟雾，则袅袅升腾，飘向遥远的天际，化作一缕缕白色的云霓。

  这是一种传承于古时的奇特祈祷方式，祈望即将出土的地黄能够壮硕，还辛苦了半年多的操劳者一个丰收的喜悦。尽管这样的仪式不乏迷信色彩，然而地黄清热、生津、凉血之功卓越，对热病烦躁、咽喉肿痛尤具特效，加之产地范围小、产量低，令它身价不凡，往往能够令农户们称心如愿。记得上世纪六十年代初，我们家刚从城里迁回乡下不久，在城中生活惯了的父亲大概实在难以忍受寂寞的乡间生活，便想购买一台收音机。无奈，他囊空如洗。这时地黄刚好出土，并不怎么懂得侍弄土地的父亲，栽种的地黄却意外获得好收成。他喜形于色，便立刻到县城买回各种电子元件，亲手组装，一台仅能收听中央和河南省两个广播电台的收音机，令他亦令我们全家沉浸于喜悦和激动中。已年届五十有余的我，至今依然钟情于中央人民广播电台的"小喇叭"节目，就是四十多年前从这台收音机里最初听到的。

不过，无论药用价值还是其经济效益，新鲜地黄远不及经过焙干处理的"生地"。于是，精明的乡人们便起炉筑灶，对鲜地黄进行深加工。他们选择一处偌大的房子，先于地下挖坑修炉，然后围炉起墙。炉既通墙外，以便加煤燃烧；又连墙内，火苗和热浪即被吸入围墙围起的焙库，摆在那一层层竹棚上的"鲜地"，便接受着高温炉火的焙烤。三至五日，原本通体金黄的新鲜地黄因失去部分水分而变成乌黑、软硬适中的"生地"。

经过如此炼狱般的淬火，已由"鲜地"变作"生地"的地黄，其功效亦随着它质的改变而变化，滋阴、补血成为其特效，并能够持久存放而不会霉变或腐烂。乡下缺少茶叶，乡人们时常会切下三五片浸泡到开水里，透亮的水少顷便变乌、变红，一如现在的普洱茶汁，然而味道却大相径庭。那"茶"起初略苦并掺杂着一丝土腥味，但呷过几口之后又苦中带甘，由甘而润而淳绵，土腥亦变成一种馨香而存留齿间，久久不去。到了这个时候地黄的身价已今非昔比，真正成为乡人们手中的宝贝，担当着"拯救"生活的角色。上世纪八十年代初，我军校毕业来到广州履职，突然有一天儿时伙伴东背着袋生地找到我。他说，今年粮食歉收，但地黄没让人失望。年关快到了，手头紧，听说南方人笃信中医中药，想着能卖个好价钱，招呼也不打就跑过来了。我哭笑不得，

既感动又感慨。那时,我亦初来乍到,并不知道广州还有专供摆摊贩卖中药材的清平市场,我俩就盲目地揣着包生地满大街跑,逢药店大小都进,问人家要不要?可想而知,几天下来一无所获。最后,他也懒得再背回那几十斤生地,扔在我宿舍阳台上,任其风吹雨打日晒腐烂下去!

我心疼,却无法有效地去处置它。

不过这次颇有戏剧意味的经历,倒使我日后更加关注地黄。后来,我确切地了解到,地黄如若更好地入药,还需把生地再加工成熟地。这道工序更为繁复,它要求在生地中加入黄酒、砂仁等佐料,装罐上笼,经九蒸九晒使之成为黑亮腻软的熟地。当然,它的功效亦会随着地黄的再次蒸腾升华而生发嬗变,成为补肾阴、益精血的极品。

种得其地,"出"适其时,制精其法,用之其极。难以忘却的地黄,它价值和魅力的所在或许正缘于此吧。

麦 香

故乡虽然曾经贫穷、破败,但她有着令人怀念不已的味道。

不觉间,在繁华的都市生活了四十年,从十九岁当兵离开故土,我就再也没闻到过那甜淡清纯的麦香味儿了。然而,飞驰的时间是夺不走我对这甘醇麦香的清晰记忆,尤其是每年从小满、大满小麦灌浆到开镰收割这一段。

大约在五月中旬,小满节气一过,故乡广阔平坦的原野上麦浪千重,小麦的清香味儿开始四下飘逸,并且越往后越浓烈。最终,麦香从地头飘到了村子里,乡亲们呼吸着这浓淡相宜、沁人心脾的味道,顿时面添喜悦之色:又是一个丰收的年份啊!于是,家家户户磨镰刀、清陶缸、扎麦屯,拉开了夏收的架势。

的确,"麦熟一晌,蚕老一时",这是流传在故乡的古谚语。说的是蚕到了吐丝结茧的时候,大概也就一转眼的工夫,而麦子到了该收割的时段,只不过半天光景。若错过了这半天再去开镰的话,麦穗很容易"炸头",麦穗里所包裹的麦粒会纷纷散落到地上,从而失去收获良机。所以,每年从六月初开始,小麦的收、打、晒、藏就犹如一场会战,把乡亲们从早上看到启明星到晚上朗月西斜拴在了田间地头。小学这时也往往会放半个月的假,出不了大力气的我们向地里送水送饭、捡拾麦穗、看场子、套垄点种玉米,还是能给大人们帮上不少忙。这会儿一天里整个村子几乎空无一人,精明的小商小贩们便也把买卖做到了田地边上,趁着乡亲们劳作间的小憩卖些小东西。

老杏树边上的这块麦田很快被收割完毕,父亲和其他社员匆匆转场到了下一块。而我和我的五位小伙伴则每人挎着只竹篮,走进这块也只半晌工夫便空旷了的麦田,去捡拾那遗落下来的麦穗。尽管麦捆已被紧接着运走,但麦子所特有的馨香依然在田间飘着,并且愈发地醇厚、耐闻。我很是受用被这样的香气所熏染和包裹,常常会不由自主地陶醉在它馥郁的芳香里。

然而,太阳却像着了魔似的,所掀起来的热浪笼罩了整个大地。我们宛如被推到了烤炉边,让滚滚热焰给灼烤得喘不过气来,咸咸的汗水渍得眼睛生疼,麦穗尚未捡到半篮子,便忍不住赶紧跑到浓荫遮日的老杏树下了。

故乡的田间地头,大多栽有杏、梨、柿子树。老人们说这是为了春天避雨,夏天乘凉。父亲也常讲,咱这大平原旷野无垠,下了急雨、升起了毒日头,若是没有几棵大树,真的是无处躲藏了。

　　远远地,我就看见老杏树下扎着辆自行车,车后架上绑着只裹有棉被的木箱子,县城卖冰糕的老李,坐在树下靠着树身儿打盹。我们乡下把城里人叫"雪糕"的唤作"冰糕"。时兴吃冰糕大概始于两年前,猛夏时节,原先只在县城卖冰糕的小商小贩开始向乡下跑。每天骑着驮有冰糕箱的自行车,逐村转悠,两分钱一根。到了收割麦子这几天,大家全都忙活在麦田,精明的他们顺着田间小道,把冰糕载到地头哪棵老树下,仿如雪中送炭。乡亲们会暂且丢下镰刀蜂拥而至,买上一根,就着骄阳下的阴凉痛快淋漓地享用,不仅解了渴,满身的暑气也顷刻间烟消云散……

　　老李睁开眯着的眼,站起身立刻来了精神。他以为,我们是来买他的冰糕的。可是,我们盯着他那被一床花格棉被包裹着的冰糕箱,足足半晌,谁也没有买的意思——这会儿还贫穷着的乡村,除却父母,我们小小少年的身上是不可能有一分钱的零花钱的。我们四下散开,各自找了块干净地儿就那么席地而坐,轻轻呼吸着那醇厚的麦香,让阴凉销蚀身上的酷热之气。

　　"我……我买一根吧。"恍惚中,听到桂红嗫嗫嚅嚅说。

　　"你?"老李似乎有些不相信站在他面前的这位瘦弱的小女孩。

　　我们几个也不约而同朝她投去诧异的目光。

　　其实,我们不应该感到惊讶。桂红她爹在陕西铜川挖煤,她家是村里为数不多的有人在外挣工资的人家。

桂红从她的小裤兜里摸索出两分钱,我记得是张并不多见的纸币。我们看她的目光终于由吃惊变得羡慕。

"这?"老李接钱的手伸出又缩了回来,将怜惜的目光在我们几个身上凝视,倒令我们面面相觑,局促不安。

老李犹豫了会儿,将裹在冰糕箱子上的棉被迅速掀起,揭开箱盖,伸手抓出五根冰糕:

"来,一人一根。大热的天真难为你们了!"

我们几个相互张望,谁也没伸出手去。

"不要钱,算慰劳。"

老李见我们迟疑着,赶紧解释,干脆一个一个塞到我们手里。我剥去冰糕外面那层薄纸,将它慢慢放进嘴里,一股冰冷瞬间直达心底,生发出沁心的凉。打了个激灵,神情亦为之一爽。而当我们用感激的目光再去寻找老李时,他已骑着自行车远远离去。跳动着的热浪包裹了他,令他戴草帽、穿白短褂骑车的背影变得起伏飘忽。我想,他一定带走了一缕清新的麦香了!

令人迷恋的麦香味儿还在老杏树下飘逸着,只是稍稍淡了些。但却因着冰糕的甜,让我记住了故乡的味道!

吃 碾 馔

这大概只是在我的故乡才有的一种吃食。

过罢"大满",儿时伙伴健生说要从老家快递包特产来,我没顾得上问他寄的是啥。心里想,还不是那些花生、大枣、核桃之类的干货。接过包裹,感觉里面却是软软的一团,顿时心生诧异。打开,我立刻便被惊讶得目瞪口呆:是我或有四十年不曾吃过的家乡小吃——碾馔。

我的思绪马上被拉回到了四十年前。

故乡,处在豫西北平原西南端,盛产小麦,而碾馔这种小吃正是小麦"大满"灌饱了浆之后加工做成的。其工序并不复杂,没什么技巧可言。小麦经过灌浆,颗粒越发饱满,青色的薄皮包裹着浓稠的白汁,散发出甜淡的清香,乡亲们都叫它麦香。割倒麦秆剪下麦穗,将其放入沸腾的开水锅里,煮上大概七八袋烟工夫,捞出晾干。熟透了的麦穗用手轻轻一搓,胀鼓鼓的麦粒便纷纷散落到了竹筛子里。平时用来磨面的石磨这会儿已被冲洗得干干净净,把麦粒倒在磨盘上推动,磨碎了的麦粒被"拧"成了细细的"麻绳",从磨盘间的石槽挤出。这就是碾馈。吃它时,再上笼小蒸,佐以蒜汁、醋、香油、盐,香喷喷的可算作一顿饭。

吃碾馈固然有其季节,时机前后也就那么三四天,但到底吃不吃它,在我童年的那个时候,的确让人难以做出决断。我们那块地域人口稠密,自然人多地少,分摊到人头也才几分,难以高产的小麦就越发显得金贵。此外,病虫、旱涝、干热风、强寒流,时常会令小麦减产。然而,人们对于美食的追求似乎与生俱来,饥饱如果不再成为生计所虑,寻思不同的吃法就是自然而然的事情了。

记得第一次吃碾馈时我六岁,在1966年的初夏。那时,农村实行公社化已久,哪怕动一根麦秆也得由村集体或者生产队说了算。到了吃碾馈这几天,队里敲钟开会,最后商议的结果是碾馈由队里派人来做,谁家想吃先报名预约,掏钱来买或者用其他粮食兑换。我们家那会儿刚从陕西蓝田迁回不久,而且恰遇三年自然灾害,家境难堪。父母有心想让我们兄弟姊妹吃碾馈、尝个鲜,却就是掏不出钱、拿不出粮。

"今儿个你们哪里都不许去,待在家,搓绳。"大早母亲就在堂屋里交代道。

显然,母亲在吃碾馈这一天,不得不找了个借口,把我姐、我和妹妹圈在家里，故意找件闲活计不给出门。我们知道父母的无奈，也就不作声。不过，我还是禁不住从大街上飘进屋子里的碾馔香，不时地朝着窗户外张望。日头渐渐西斜，我的思绪随着太阳的西沉也变得特别沉重。

"这日子咋就这么悲苦和艰难？"我听到父亲小着声对着母亲咕哝。这半天时光在我的记忆里，是如此的苦涩！

我们都没有想到事情还会出现转机。

半下午的时候，突然传来哐、哐、哐的敲门声，母亲急忙拉开街门门闩，是叔叔的小儿子："娘，俺妈叫我过来，接你们去我们家吃碾馔。"他气喘吁吁地说。

"这？"母亲顿时蒙在那里。

"快、快走啊！"我们几个兴高采烈，扔下手中活计，欲要夺门而出。

"也要洗把脸吧。"母亲喊住我们。

叔叔自幼过继给邻村一大户人家，大概私塾读得好，新中国成立后考上公办教师。如今有工资收入，日子比我们家要好过些。

太阳就要隐没在西边的伏牛山后了，晚霞金灿光艳。麦田正在由青变黄，有微风吹送，掀起千重麦浪，宛如沐浴着金色的湖水，波波相逐。

行走在如此美妙的景致里，前半天充斥于我们心中的困顿窘

境,被满天的晚霞完全淹没。

刚出笼的碾馔热气升腾,婶子赶紧将蒜汁泼在上面,先搅拌一番,然后滴上几滴香油,未端上碗浓浓的香味便冲鼻而来。尤其,碾馔特有的清甜味儿和咀嚼起来的筋道,尝上一口,便不再会忘记。

我们走回家的时候,月亮像猴子爬竿似的,升到了抬头可望的三竿高的东方天际,大地上一派清辉,迷离而动人。我分明听到了上初中的二哥,哼唱着我尚难听懂的歌。

令人颇为难过的一天,不想也成了新的一天!

之后,我断断续续吃过几回碾馔。最后一次是我当兵那一年,也就是1979年的初夏,我十九岁。母亲说,你天天嚷着要当兵,假若今年冬天如了愿,会有好几年你吃不上碾馔了,今儿个夏天咱多做一些,让你吃个够。母亲知道我很是喜欢碾馔那诱人的清香,耐嚼的筋道。

父亲也说:"如今时兴改革,地里种啥、长啥,咱想吃啥、卖啥,全自家说了算,称心、方便。"

于是,父亲带着我来到承包到户的麦田,我俩挥动镰刀,三下五除二便割回了两捆青麦。煮、搓、磨、蒸,忙活了一个上午,全家人痛痛快快吃了个饱。也正是这顿有些特殊意味的碾馔,那特别的味道清晰地融进了我的记忆,变成了我至今都难忘的关于故乡的念想!

转 乡

这应该说是故乡四十年前的街头景象了。

"破铜烂铁,换纸烟扑克;旧布头发,换头绳发卡!"

"芝麻换香油!"

"卖豆腐、割凉粉!"

"剃头刮胡子,洗发不要钱!"

……

那时的故乡,一年四季,街头巷尾,常常会响起这样的吆喝声,间或伴着拨浪鼓、木梆子和铜镲的击打声。往往经营百货杂吃的各式卖货郎,这边拉着架子车刚进了村口,那边推着独轮车的才出了村尾;南街有挑担敲梆子换油正敲得起劲,北街举着插满冰糖葫芦麦秸桩的喊哑了嗓子,此起彼伏,高高低低。有的悠长而富有韵律;有的高亢如号子般响亮;有的像在诵读着一首诗;有的又如在讲述着一段精美的故事,成为一道蕴含着浓郁乡土气

息的乡村风景。而到了城里艺术家们的眼里,这些则都成了民间行当所闪现出的艺术光辉。

乡亲们把这种货郎们游走四方的叫卖,唤作"转乡"。

这道风景里最为有趣的当属担着剃头挑子的剃头匠老李。俗话说剃头挑子一头热,还真是这么回事。老李的这副挑子,一头是件金字塔形小木箱,数层小抽屉里装着推子、剪子、刀子、刷子和镜子,一应俱全;一头是只木炭小火炉,用来温水洗头和刮胡子,冬天还可以用来暖和他常常被冻僵的双手……

而每当这时,我及左邻右舍的小伙伴们,会不约而同急不可耐地夺门而出,要么围着杂货小车或剃头挑子看热闹;要么再急忙跑回家去,取出悄悄藏起的破布条、烂鞋子,换取难得的五颜六色的糖丸或者弹珠。当然,这当儿围拢过来最多的还是各有所需的众乡亲。乡亲们对这种既可掏钱买又能用废弃物来换取的灵活买卖,颇是喜欢。在这一点上,村里的供销社就要逊色得多。它最大的通融也就是乡亲们可以拿家里的鸡蛋去换回各家所需,一枚鸡蛋顶五分钱用,不用过秤。那么,一旦冬天来临,鸡们不再下蛋,乡亲若再想以此换回油盐酱醋茶、布纸蜡火线等,可就难为无米之炊了。

"有铅笔和橡皮擦吗?"我扒着车帮问。

"有。"杂货郎大概有了些年岁,头发见了白,声音却洪亮。

于是，我也跑回家，从西厢房的墙缝里掏出一团黑发。我并不知道为什么头发也能换回各种各样的东西。母亲保持着每天晨起梳头的好习惯，并且每每会把梳落下来的头发拢起，塞进墙缝，聚少成多，换回她所需要的针头线脑。

"老李啊，今儿个有没有带草纸来？"对门章奶就站在她家门楼下，远远地问。

"走得急，没带啊！"

"明儿个来甭忘了带几刀，要不，俺就借不到火了。"章奶不免有些着急。

我知道章奶为何这般急切。因为那会儿乡亲们的生活还困顿着，甚至有许多人家连盒火柴也买不起，不得不走家串户地"借火"。就是手里拿着根玉米须搓成的引火绳，或者草纸卷成的引火条，到已生火做饭的人家去燃着，拿回自己家再吹成明火，作为点柴的引火。

"一定、一定！"老李诚惶诚恐应道。

每回，凡是有转乡的货郎转悠到我们村，总会被里三层外三层地围着。有时简直就像在过节，时不时听到那拨浪鼓或换油的木梆子响起，玩耍在村头的我们，边向家里跑边喊叫："换油的来了、换油的来了！卖冰糖葫芦的来了……"急着去向父母传话。

我记得最为清楚的那次是卖鸡娃的老胡来到我们村。七八月

正是老母鸡孵小鸡的时候，家家户户也在这时买进小鸡，经过夏秋冬三季饲养，来年春上长大了的母鸡开始下蛋。那天中午，他挑着两只硕大的竹笼子，里面数百只鸡娃拥挤成一团，黑的、红的、黄的、灰的、花的，胖胖乎乎，叽叽喳喳，煞是可爱。

老胡刚好走到我家门口老榆树下，不待他放下挑子，我便喊道："等一下啊，俺家要买鸡娃。"

老胡放下挑子，我飞也似的跑回家，父亲却正提着只竹篮走出屋门口。"我听到了吆喝声。"他说。

"老胡，你帮我挑吧，多挑母鸡。"邻居武爷已捷足先登。

老胡孵鸡、卖鸡大半辈子，不仅懂得鸡的品性，而且据说辨认鸡娃子的公和母，他有自己的独门绝技。所以，一般他会答应乡亲们的请求。

老胡微笑着看了武爷一眼，伸出右手大拇指、食指和中指，捏住一只小鸡娃尖尖的嘴，在半空中吊上不到一分钟。

"母的。"他颇有把握地将这只鸡娃放进武爷的竹篮。

"公的。"他将另一只放回笼子。

我们好奇地看着老胡，却就是看不出他到底是用什么法子认出鸡娃的公母。

"老胡，我买十二只。我就随便抓，不讲公母了，或者公的越多越好。"

父亲说着，不待老胡有什么表示，麻利地从大竹笼里抓出十二只鸡娃，放进他带来的竹篮子。

"你，这是……？"大伙疑惑地看着父亲，不知道他为何偏偏喜欢多买公鸡？

我也感到父亲今天颇为奇怪。大家只愿多买到些母鸡，是为了日后能够多多收获鸡蛋。那会儿，鸡蛋可以当作实实在在的钱来用。我们到村供销社去，只要小瓦罐里装上几个鸡蛋；再回来时，瓦罐子里要么装上了盐，要么手里会提上一瓶老陈醋。

父亲也只是狡黠地一笑，并不在意大伙的不解。

或因着夏秋两季的繁忙，日子就显得飞快，一转眼春节就在眼前了。家家户户夏天买回的鸡娃，这时几乎都长成了成年壮鸡，成群结队地在街头追逐、嬉戏、觅食。果不出人所料，别人家的鸡群是十只八只母鸡围着一两只公鸡转，唯有我们家的鸡群则是五六只母鸡围着五六只公鸡。每当它们跑到大街上，四周投来的多是邻居们诧异甚或讥笑的目光。

北风频袭，雪花渐稠，愈近年关，街上的种种叫卖声愈响。众小节接二连三地到来，冬至、腊八、小年。可是，都到了腊月二十四五，村里却还冷冷清清，过年的气氛一直没浓起来。放了寒假的我日上三竿也才起得床，就听到满院鸡的惨叫声，灶房里冒出腾腾热气。四五只已宰杀干净的公鸡，挂在了迎门的石榴树

上风干着。

"赶紧去给你叔家送只鸡去!"父亲交代我。

我提着那只光溜溜的鸡正要出门,邻居武爷正推门而入。

"还是你有远见啊!"我和武爷打了个照面。

"他武爷,您来得巧,我还说就要给您送只鸡过去。"父亲赶紧洗净沾在手上的鸡毛,迎着武爷说。

我这时才明白,今年夏秋收成不好,以至于到了年关全村没有几家能够买得起猪肉,而精明的父亲似乎在半年前就预料到了年底可能歉收。当然,在他心里一定是不希望这种境况出现的,这也就是众人一直用不解的目光凝视他,而他总是笑而不答的原因了。

一晃四十年了,四十年前故乡那有趣的转乡景象,至今早已不复存在。那响彻街头的叫卖声、拨浪鼓声和浑厚的梆子声,也业已远去。一个时代就这么无声无息地消逝了!而现在时常于我脑海里泛起的,是那卖鸡娃的老胡,他用如此简单的方法到底是怎么辨识出鸡娃的公母的呢?

季节的律动

人,学会欣赏和思索,有时也就是一瞬间的事。

这一年,我十四岁。

早起,推开门,昨晚阴沉着的天,倏地变得清澈。晨光从东厢房顶上掠过,较之以往要通透和亮堂许多。空气中夏天的闷热气息,仿佛也在一夜之间遁去,变得干爽并夹杂着用心感受方可察觉的凉意。

"昨夜,起了北风,你还是穿上长袖衫吧。"母亲在里屋叮嘱。

"知道了。"我应道。

星期天不用上学,生产队派工,我们六位小伙伴一起到村南的桃花堤上,去收摘最后下树的八月桃。

这应该说是收获最早的秋桃了。

高高的桃花堤,因堤顶和两面斜坡种满了桃树,春节后不待春风吹来,便一堤桃花绵延数里,蔚为壮观。我们走出村口,远

远张望，桃花堤依然青翠。蜿蜿蜒蜒，随着自村西而来的猪龙河，在村南转了个九十度外弯，宛似盘龙展身，昂首向南，迤逦而去。近千棵桃树，五月、六月、七月桃，早被县土产公司收购了去，留下的这些八月桃，也就七八棵。它个小皮厚，肉紧味酸，是不受人待见的。当年，村人们一时不小心，被掺杂着种到了堤上。

"那，咱们就留着自个儿吃吧。"老支书苦笑着对乡亲们说。

我们来到八月桃树下，一棵棵硕果累累。或是接受了刚刚刮来的秋风的吹抚，透出历经风吹后的隐约的褐色。

我从这隐约的褐色里发现了隐约的秋的痕迹。

摘完三棵树，小胖墩说，该歇晌了。

"走啊，看河去了！"

我招呼大家，一齐冲下河堤，来到十数丈外的河北岸边。

平原地方的河，或因为落差小，几乎看不到水的流动。我们小心翼翼地蹲在岸边，将沾了桃胶的手，探进河水洗濯，方看到那平静的秋水在指缝间缓缓流过。轻轻地,竟抚摸出指尖微微的痒。再掬起一捧水捂上脸颊，丝丝的清凉浸入肌肤，让人立刻感觉到那令人有些恐惧的夏是真切地远离了，秋天跟着秋风终将走来。抬头南岸边的苇草，挺出水面的尖尖已稍露枯黄。一只蜻蜓站立其上，静若木偶，像是在回味适才离去的夏，又仿若在沉思这才迎来的秋，或还是在欣赏身子下温柔流过的河水？一阵秋风袭来，吹皱了水面，兴起密匝的波纹，牵动着我的眼睛和思绪，仔细品咂面前的圈圈涟漪。秋天的河水已不似春夏的清澈和剔透，河面上多了些漂浮的枯叶；夏日丰沛盈岸的河水，现在却落进河槽一尺有余，显出了秋水的细瘦……

苇草、蜻蜓、落叶，我似乎在这共长天一色的河水里，看到了秋的容颜。

我们还是回到了桃花堤上。在堤的另一侧，秋玉米长到了小半人高，村人们穿梭其间，培土、施肥、浇水、间草，一派忙碌。他们也大都穿上了长袖衫，脱去了草帽；偶尔，会抽下套在脖颈上的毛巾，擦拭额上的汗滴。有的，或是劳累了，驻足玉米丛中，一手撑着锄把，一手置于额前，搭起凉棚，向着远方眺望，可是在想象秋玉米丰收的景象？又有一股北风吹至，碧绿修长的玉米叶唰地抖起，宛似迎风招展的旗帜，向着秋风吹去的方向，富有节奏地飘舞……

在这里，我又目睹到了秋风的律动。

我不知道，这一天，我怎么对秋风和秋天会如此之敏感多思？以至于它留在了我的记忆里，竟一直到四十五年后的今天。

晌午了，昊昊秋阳白灼灼的，但已蕴含了秋的清爽和抽丝般的明丽。一波又一波的秋风在桃树林中穿过，阴凉阴凉的。我们六个小伙伴每人挎着满满一篮秋桃，开始往家走。

秋风起时，我们便挎着了整个秋天！

晒　秋

故乡麦田那如凝的肥绿，是在中秋节后这一天被改变的。或是北风的频频吹来，地燥天干；或是秋阳的通透晴好，光朗气爽；或是季节轮回，该是秋显示无穷魅力的时候，乡亲们便开始轰轰烈烈地晒秋了。

家家户户搬出早已备好的刨床，在村头麦田边上一字儿摆开。紧接着，男人们用架子车拉来前一晚洗净晾干的红薯、红白萝卜，骑上刨床，挥起肌肉凸起的胳膊，来回推送。那被刨的红薯或萝卜片子，便一片片跌落在刨床下的竹筛子里。待攒满了筛子，女人们弯腰端起，走向麦田，边走边抓过一叠，奋力抛撒。于是，红薯、萝卜片便似秋风吹落，也只一袋烟工夫，茂盛茁壮深绿如毯的麦地上，就为白萝卜片、红萝卜片、紫或黄的红薯片儿均匀笼罩。那原本的绿这会儿便换作底色，大地像被拼了图一般，变成了一个烂漫多彩的世界。

也有的，端起筛子径直走向田埂，逐片仔细摆放，有序而规整。如此，这块红黄紫绿白皆有的麦田，又被镶上红白黄紫相间的边框，真的就成了一幅色泽鲜艳分明的亮眼画卷了。

一个季节就有一个季节的使命。秋天的使命因人而异：心绪乐观者，看到的是秋的高远、秋的风清、秋的气朗；多愁善感者，看到的是秋的忧伤、秋的悲愁，甚或秋的哀怨。但对于勤勉而又憨态可掬的乡亲们来说，看到的则是秋的忙碌、秋的丰盈、秋的快乐。他们比谁都懂得那个朴素并世代相传的道理，那就是切莫辜负了每一寸光阴！所以，在繁忙于秋收、秋种、秋藏，编排丰收歌舞的时候，他们也都一起忙活着晒秋。

一串串红辣椒，被挂在每户人家院中的苹果树枝上，犹如一挂挂鞭炮，在秋风中晃动，在秋阳下隐约闪烁。一袋袋金黄的玉米、谷子，被摊开在街边的竹席子上，那条不甚宽阔的街路，俨然被铺成了一条金光大道。一只只被宰杀干净的鸡鸭鹅，亦被吊在椽檐之下铮亮的铁丝上，任凭风吹日照，渐渐变成流着细油的腊干肉。就连刚刚割下的萝卜缨子，亦被放入开水锅里稍加煮烫，然后甩到馒头状的麦秸垛或者玉米秸垛顶，数日之后，它们也会被晒成一把把香味隐约的菜干……

天地感应般，晒秋时节的阳光愈加澄澈，随之而至的秋风也越加凌厉，它们的穿透力似乎无处不在。遗落在棉花地里的青色

棉桃被晒炸开来，绽露出零落稀疏却又白绒绒的花朵，成为秋收之后广袤大地的另一道风景。大雁则乘着疾疾而来的秋风，在寥廓蔚蓝的天空，紧贴着白云边儿，不断变换队形。它们向着遥远的南方悠然飞翔，所发出的浑厚而悠长的叫声，当空传来，像是在为晒秋的人们播放着一首天籁般的音乐。

适宜于晒秋的时间尤为短促，也就十天半个月。往前，人们正忙于秋收秋种，难得腾出手来；而向后，秋风渐趋猛烈，旋起尘土和飞叶，漫天席卷，反倒玷污了果蔬秋粮。所以，人们既得抓紧时间又不可各自为战或打乱仗。尤其，翻晒衣物、被褥、幔帐之类，更得择日子选时机。一旦这天一大早推开屋门，外面风微日清，善于操持家务的女人们，会匆匆抓过那团早已备好的崭新麻绳，来到街门前，就着自家的椿、榆、槐诸树，架电线般拉起纵横交错的晾晒绳。

太阳仿佛知心会意，快步爬升，透着满身的新鲜气息。女人们不失时机，小步快跑着返回屋里，翻箱倒柜，将那些就要上身和铺上床的棉衣、被褥、枕头、鞋袜、幔帐、布匹，一股脑儿挂将出来。它们或蓝或黑、或黄或红、或紫或绿、或新或旧、或厚或薄、或长或短，五彩缤纷，七色斑斓。特别，那舞动起来的帐幔，像是在风中飘摇的旌旗。于是，随着太阳来到中天，光线炫目耀眼，布味的馨香夹杂着汗酸味抑或腐朽的气息，开始在村庄的街巷中飘逸弥漫……可否说，这也是那诱人的秋之百味的一种呢？

　　故乡一直有着这样一句俗语：吃饭穿衣亮家当。说的是从一个人吃什么样的饭、穿什么样的衣，便可看出一个家庭是否殷实。这个热烈的晒秋季节，所展示出的不正是收获之后，丰衣足食，乡亲们那幸福洋溢在脸上的生活景象吗？

拾 秋

拾秋,在我少年时每年秋天都会有过这么一次,而且每次都颇有兴味。

九月,秋终于姗姗而至,来到故乡豫北平原广阔辽远的田野上。蔬菜瓜果和各种秋粮成熟的香味,也随着爽爽来到的秋风袅然飘荡,浓酽酽的沁人心脾。乡亲们陶醉于这香逸四野的季节,按捺不住急于收获的亢奋心绪,哼唱着喜悦充溢心间的小曲儿,户户倾家而出,纷纷走入果园、菜地、粮田……

整整一个月的繁忙采摘、挖掘,金黄的玉米、花生入了仓,红彤彤的苹果、大枣下了树,青色的萝卜、白菜进了浅浅的地坑,还有棉花、地瓜也都归位到了屋棚上和地窖里。乡亲们劳作的身影遽然暗淡,大地上丰收的景象渐渐拉上金色的幕布。然而,只不过数日,众乡亲便再次回到曾经短暂平静的田地里——拾秋,捡拾那些收获过程中难免遗漏下来的果实。所以,拾秋又被乡亲们称为"捡漏"。

它既是乡规民约的一种,又是不知形成于何时的一条习俗:拾秋之所获,不需要充公,而可以心安理得地据为己有。

公鸡叫过第五遍,村子东边的天际,晨光熹微,乡亲们匆匆吃过早饭,用不着生产队队长敲钟,便不约而同地走出家门。男人们大多肩扛钁头,手拎柳条筐,向村外的地瓜地走去。来到地头,他们会几个人自发地横成一排,挥动钁头,齐头并进,将这片已经被翻挖过的地瓜地再翻过一遍,把裹挟在黄土里的半截子或者些小个头、不甚起眼的地瓜,掘出来拾回到柳条筐子中。也有的独自找到一块边角地,默默深翻,因为根据经验,边角地往往能掘出成串且个头大些的地瓜。

这边,男人们在地瓜地里已经干得热火朝天。村中,洗完锅碗瓢盆做罢家务的女人们,方才解下围裙,将一条头巾或者一块包袱皮儿对角打结在腰,另一对角则打了结套于脖颈,这样她们的胸前就等于挂上了一只布兜儿。她们锁上家门,踏上已铺满金光的乡村小道一起走向那块数十亩大小的棉花地。当然,这一垄垄的棉花也是早在半个月前被一来一回采摘过两遍了。现在还能捡漏,是那会儿躲藏在枝叶下的那些尚未开朵的棉桃,到这时方才炸裂,吐出雪白的棉朵。

她们也并排成列,一人一垄,循序而进。一束炯炯有神、敏

锐而又细腻的目光，穿过枝叶，让任何一朵棉花都不可能再成为"漏"。不过，有时即便是一个上午过去，她们胸前所挂的布兜里，甚至添不上一朵棉花。因为前两次已经将棉花朵儿采摘得干干净净了，但这并不影响她们继续拾秋的情绪。她们并非仅仅为拾秋而拾秋，还仿佛是为了响应某种内心的召唤而来。

我们这群年岁不大不小的小伙伴们，也或是心里早就达成了相互的默契，赶在父母之前，早早挎上竹篮，拥入梨园、枣园、苹果园。而我则独自一人，来到那棵兀立于田野间的柿子树下。这是棵"八月黄"柿树，自秋初我便开始每天早上围着它转，捡拾那些被秋风吹落下来的柿子，回家酿醋。

我似乎对这棵柿子树产生了一种莫名的眷恋，尽管它的枝叶上现在很难找到一只黄澄澄的柿子。

清晨的太阳总是爬升得很快，有些刺眼的光束，丝丝缕缕，透过枝叶，在随着枝叶的晃动中斑斑驳驳筛落在地。我手搭凉棚迎着阳光，在枝叶间仔细寻觅。被遗漏下来的柿子，大多裹挟在繁茂的枝叶中间，或是在采摘它的竹竿够不着的枝头。终于看到一个，我毫不犹豫但却小心翼翼地爬到树顶，摘星星月亮般轻轻扭下那枚孤零零挂在枝端的柿子……

拾秋的时间很是短促，但拾秋的地域却宽泛广阔。在这样的季节无论你家我家、本村外村，一致对外开放，无须约定或提前打招呼，你来我往随意任性，往往这块地的捡漏刚才收场，不知谁大着嗓子喊了声"走啰！"大伙儿便扛起镢头拎过柳条筐，浩浩荡荡朝另一块地瓜地走去。我回到小伙伴们中间，和他们一起穿行在座座果园中，张望、寻找、攀爬、喊叫、奔跑、追逐，其情其景，若说是在拾秋倒不如说是在释放着我们纯洁的少年天性，陶冶着我们天真无邪的童趣和善良纯真的心地。

最后一行南飞的大雁，鸣叫着渐渐消失在了高远而湛蓝的天边，寒意趋浓。田野上热气蒸腾的景象接近尾声，地瓜地、花生地、萝卜地，纷纷被翻了个遍；苹果园、枣园，亦被我们这群小伙伴们猴了似的攀上爬下了好几遭。大人们一边锄着地，一边大声说笑，甚至骂人，那拾秋的全部意义似乎也在这无拘无束的嬉笑闹骂声中释然了。

该捡的"漏"都被捡了回来，田野终是要恢复往日的平静。这天，我手拎装着几只地瓜的柳条筐，跟在父亲后面往家里走："爸，大伙儿这拾秋的劲头儿怎么这么足？是不是因为这些捡回的地瓜、果子、花生、棉花，都成了自个儿的了？"父亲停下脚步，用吃惊的眼神正视着我，似乎在怀疑我这小小的年纪，怎么会问出大人们也不一定能够想到的事情。其实，我也是无意间问出在心里面想了许久的话。

"归为己有那只是理由中的一条，更多的是大伙儿在爱惜自个

　　拾秋的时间很是短促，但拾秋的地域却宽泛广阔。在这样的季节无论你家我家、本村外村，一致对外开放，无须约定或提前打招呼，你来我往随意任性，往往这块地的捡漏刚才收场，不知谁大着嗓子喊了声"走啰！"大伙儿便扛起镢头拎过柳条筐，浩浩荡荡朝另一块地瓜地走去。

儿的劳力和摔在地上成了八瓣的汗水!"父亲转回头,边走边说。父亲读过私塾、当过兵,他所说的话即便在平时,村里的乡亲们也大多觉得是有道理的。

成年之后,父亲的这句话依然会不时地在我耳边响起,直到现在年过半百都难以忘记。它时常警策着我。

夜色清澈

  已近黄昏，势头不怎么大的秋雨，还在断断续续地下。邻居武爷和喜全叔用那会儿的家乡话说，被父亲"借"到了家里来，他们每人吃完一碗捞面条，便要随着父亲到隔壁春甫爷家的磨坊帮着我家推磨磨面了。母亲早等在那里张罗好了一切。
  上世纪六七十年代，若在故乡说到"借"并非是件令人难以启齿、尴尬不已的事。借的事项多、借的回数多，大家都在借，不仅不足为奇，反而借出了邻里乡情、你我亲情！我的童年和少年就生活成长在这样"借"的年代里。它一方面让我印象深刻，那个时代乡间的生活艰难卓异，同时又苦中有乐、难中见真地丰富着我的思想和情感。
  融入我记忆的除却借粮、借钱，甚至借把伞、借辆车之外，最多的当是借他人之力磨面、上山拉煤，借生产队牲口碾米这样的琐事。因为这个时候的家乡尚未通电，类似于这样的活计或靠着人力或得借助于牲口。

记得我们村有两处石碾,都在南街,为整个村子所共用。它们一处在街东头,一处在街西头。我们家住北街西头,所以每年秋末新谷下来,母亲就要赶着紧碾些新米,以备过冬之需。村西的石碾上搭了草棚,不惧风雨,一年四季皆可以用。却因了碾子上的石磙巨大,即便由两三个人来推也很吃力,所以无论谁家碾米,都得向生产队借牲口。我们家自然亦不例外。

等到了这一天,母亲便会让我站到碾盘边上盯着,一旦它得了空,我就飞也似的跑回家。只一袋烟工夫,饲养员牵来毛驴绑妥了拉绳,母亲扛着袋谷子,我则帮忙拿过簸箕,快快安顿停当。被裹了眼罩的毛驴拉动石磙,围着碾盘转圈圈,我手持细长的柳条鞭子跟在它后面,若是嫌它脚步缓慢,就举起柳鞭对着它滚圆的屁股抽上几下。碾好一袋子米,大概得一个上午,而这头走出了一身大汗的小毛驴,所换取的补偿只不过是母亲上下颠动簸箕扬出去的糠秕而已。约定俗成,谁家借用了生产队的牲口大都如此。

不过,这件看似轻松的活计,我是不怎么乐意干的,原因是它太过单调。有时跟着毛驴走快了,头还会被转得晕晕乎乎。我喜欢"借人"推磨,尤其巴望每回磨面父亲能够把邻居武爷请来,他的肚子里装着说不完的故事。

与碾米所不同的是每当快要磨面时,母亲就开始关注天气,吸了几下。

"咋的还不讲故事呀？"武爷今晚似乎缺少了那份雅兴，都推了好大会儿的磨，他只和父亲扯些农活上的闲话。我心里开始生发出隐约的失望。

我紧挨着武爷，也将一双小手搭在磨杠子上，有一搭没一搭地推着。父亲其实知道我只是在做做样子，就是一心想听武爷讲故事罢了。我这时七八岁，尚未上学，浓厚的好奇心使我特别爱听故事。

"唉，听说河对岸的张庄通了电，用上了小钢磨！"正在我颇感无趣的时候，武爷突然说道。

"不知咱村啥时候能通上？若有了电，就是凑钱也要买台钢磨回来。"父亲接上了武爷的话茬。

"电这东西神奇得很，能让玻璃灯泡发光，话筒子里传出声音，还能叫汽车不用油在大街上跑。"武爷祖上经营四大怀药，新中国成立前曾跟着祖辈远去上海，于一家中药店铺当伙计。在村里他也算是见过大世面的人了。

"要是用上了电，看来咱就能省下不少力气活了。"父亲脸上浮现出浅浅笑意，那神情好像不久的将来我们村就能接通了电似的。

"不光省力气，像今晚这样的黑天瞎地天，要变亮堂多了。"

估摸着该下雨了她便要父亲去约人。天下了雨,地里的活计不得不收工,人们歇息在家,就有了腾出手帮忙推磨的时间。这样的"借人"其实就是乡亲们间的相互帮衬,不用付工钱,要么在干活之前请人家来吃碗面或一顿饺子,要么干完活之后拍黄瓜、拌萝卜、炒鸡蛋,喝上几杯土酒,接着猜拳吹牛。

这一次,尽管白天一直下雨,可是武爷和喜全叔并没得空,父亲就同他们约好了晚上的时间。一盏马灯被吊在春甫爷家后院的磨坊横梁上,发出昏黄的光。春甫爷家过去是大户人家,这间磨坊尤为讲究,不仅宽敞且铺了地砖,磨道则青石嵌就,这样无论人推或者牲口拉都不会有灰尘扬起;朝南的那堵墙开了三四扇可以推开的窗户,白天阳光直射而入,亮亮堂堂。母亲提前三天去找春甫爷,方才将它借到手的。

雨已不似白天落得那么急。夜幕渐浓,能够听到窗外蟋蟀或秋虫的唧鸣。二哥和喜全叔套纤绳于肩,在前面拉着磨杠;父亲则和武爷并肩,在后推着磨杠。前拉后推,那盘被凿刻着精致花纹的石磨开始慢慢转动。这个夜晚原本与我无关,然而,因为武爷又要借此开讲要么"三国"要么"水浒"的故事,即便是父母不答应我也一定会吵闹着要来的。

被磨碎了的麦粒,开始从两扇磨盘间的石槽缝隙里缓缓落下,馥郁醇厚的麦香不大一会儿就弥漫了整个磨坊。我不禁用鼻子深武爷的思绪似乎重新回到了二十多年前上海滩那多姿多彩的电光世界。

我的小手仍似松似紧地搭在磨杠子上，扬着头扑闪着眼睛，静静地听着他俩的对话。小脑袋瓜里虽然不免懵懂，却也在努力想象武爷所描述的"楼上楼下电灯电话"，该是一种多么诱人的景象！

"他们这辈应该享用得到。"父亲忽然用期待的目光看着我，说道。

"他们何止是享用得到，要使电这东西派得上更多用场，还非得指望他们不成！"武爷也侧过头对着我说，眼神意味深长。我隐约感到，他说话的口吻既羡慕又夹带着几许希冀。

更深夜静，磨坊外秋雨早就停歇。北来的风吹走了云雾和水汽，天空越发显得深邃幽寂。星明月朗，一派清辉笼罩。武爷和喜全叔的身影很快消失在了夜色里，仅能听到他们愈来愈远的脚步声。我出神地望着在装面袋、清磨盘的父亲、母亲和二哥，幻想着什么时候能够看到小钢磨的飞转和头顶上电灯光的照耀。

这个夜色清澈的晚上，我忽然觉得自己怎么就年长了几岁，而且好像从此还有了心事。

月照身影长

秋日的夜，一如白天的样子，天空疏朗而通透。月亮和繁星宛似被淘洗过一遍，干干净净，整个天宇为灿然的光芒所笼罩。一阵小风吹来，杨树叶子和着秋虫的唧鸣，营造出既宁静又生动的秋夜意象。站在如此美妙的星空下面，仿佛置身宇宙之中，任谁心中都会升腾起一种无法抑制的情感冲动。

我跟在父亲身后，乘着溶溶月色从村南土岗子上的砖瓦厂向家里走。我俩的身影投在发了白的乡村土路上，一长一短，步移影动，衬着朗天清气，倒有了些淡淡的诗意。父亲在砖瓦厂上做瓦，每天别人收工后，他还得把摆在场子上曝晒了一整天的瓦坯子，像垒墙般码好再盖上油毡，防备夜间突如其来的雨淋坏了它们。收拾完这一切往往要到晚霞隐没，月挂柳梢。我这会儿上着小学，下午放学刚好赶到砖瓦厂来，一边做着老师布置的作业，一边陪父亲。老话说人往高处葬，砖瓦厂西边不远的地方就是一片老坟头，

其间零落地长着几株古柏和老柳树。到了晚上风吹枝摇,影影绰绰,渗出几分阴森。我感觉这样陪着父亲,至少他不会感到孤单,有个说话的人,或还能彼此壮壮胆子。

回家的路正好擦过那片坟地。父亲或是年轻时曾当过兵的缘故,见识过那种尸横遍野的场面,从这样瘆人的地方走过,他迈出的步子依然沉着有力。倒是我在心里生出了些许的害怕,每每下意识地扯紧了他的衣襟。

父亲突然停下脚步,似乎感觉到了什么,向坟地那边投去机警的目光。

"你看!"父亲用手一指,压低声音说。

我犹豫片刻,方才壮着胆向那坟地瞥了一眼。

因为有了古柏和柳树的遮挡,坟地上的月光朦朦胧胧,隐约能看到其间有人影晃动,并伴有细弱却急促的喘气声。从小没少听到过鬼神的传说,我陡然心生恐惧。

"是谁?"父亲厉声喝问。他确定那是人影。

"我呀,营庄。"果然,那黑黢黢的人影安静下来,传出熟悉的声音。

"营庄?你在干啥?"父亲缓和了口气,我也松开了扯他的手。我和父亲都认得家住南街村东头的他。

"练拳。"营庄走出坟地,说道。

"练拳？"等他走到我和父亲面前，方才看清他上穿粗布白褂，下着灯笼腿黑裤和松紧口黑布鞋。营庄个子中等，脸盘方正，留平头，这会儿额头上冒着热气。大概他功夫练得有了些日子，目光灼灼已显出不同常人的勇武之气。

"咋跑到这坟头地里来练了？"我们一起往村里走。

"师父说，练功夫既要练劲道、技法，还要练胆量、气魄；用阳气驱阴气，用正气除邪气！"

"你师父是谁？"父亲和我知道村里的祖恩爷和正泰爷一直在研习太极拳，而营庄适才打的那种拳腾挪闪跳，刚劲有力，呼呼生风，不似轻柔连绵的太极。

"护庄的姬宽。这拳叫叉拳。"护庄是我们村的东邻，曾隐约听闻过姬宽这个人，他最拿手的独门绝技是"卸骨点穴"。

"他咋会教你？"父亲停下脚步，用不解的口气问。

在家乡诸多土著文化和技艺传承中，一般是口口相传或手手相授，并且还附着不少的"规矩"，像传里不传外、传男不传女、传亲不传疏等。如此，便使得看似平常的民间习武练拳，披上了层隐秘的薄纱。

"师父常说，一招一式皆祖师爷心血所得，如若埋没那就太可惜了。"上世纪六十年代末七十年代初，我们村里的初中生原本就不多，而营庄则是其中之一，所以他说起话来饶有意味，让人觉着很是中听。

不过，就营庄所说，那大概只能算作是个别，我们村向东三十里的地方，便是太极拳的发端之地陈家沟。离陈家沟南街头不过百丈之远的一座农家小院，正是当年河北人杨露禅"偷拳"之所在。陈式太极拳有着概不外传的严厉"拳规"，而在东家当长工的杨露禅学拳心切，无奈之下，他只好借助月光躲在暗处，看着东家练拳，将架势和手法牢记在心，回到屋里偷偷研习。他最终不仅"偷"得陈式太极拳真谛，并且创造出有着另外一种绵柔风格的新拳——杨式太极拳，成就一代太极宗师。

年长之后，我曾专注于乡间俚语、礼仪、风俗等等的探究，以为乡村文化的传承其实是有着独特的密码和脉络的。例如，广泛存在于乡间的看风水、测八字、观阴阳者，无拘男女，要么双目失明，要么双耳失聪，要么腿瘸脚跛，虽身上残障，然而抛开其迷信之说，他们每一个人所学得的每一种技能，无不呈现着独有的奇想和工匠般的娴熟。

"在这样瘆人的地方练拳，你不觉着害怕？"我们继续迈着脚步向村里走，父亲又问。

"开始也怕，后来想着这儿埋的也都是村里祖辈，来得多了，倒啥都忘了。"营庄说得尤为轻松，看来他的确是早已习惯了这样的环境。见他如此安之若素，走在亮堂堂的月光之下，我心里原先对于夜的恐惧亦一扫而光……

"你也去学点功夫吧。"第二天起床,父亲突然对我说。我们那里对习武学拳,也叫学功夫。

我有些不知所措地看着父亲,愣了会儿,还是很郑重地朝他点了点头。若干年了,我还会回忆起那个月色溶溶但不甚平常的夜晚。假如说阳光孕育了万物并赋予以生命,那么月光则给予了人们卓然的智慧和旷达的心性!

红 柿 子

中秋前后,是一个可以将记忆浸染成金黄或者通红的季节。而将我的这一记忆晕染成金黄或通红的,便是家乡原野上那株株硕果累累的柿子树了。

不像梨、桃、苹果或李子树,是几十或上百株地成列成行栽种在一起,成园成林;柿子树大多独自兀立在无遮无拦平坦如砥的田地上,最多也只三几株被栽种在路边,一来不过多占用原本就稀缺的田地,二来可为走亲戚或者远路的行人们提供乘凉歇脚的一席之地。

此外,这个时候上市的水果虽然多,应市正当时的当属柿子。中秋节这天晚上,在家乡,众街坊邻居是要全家聚在一起赏月的,而摆上桌的几种水果,其中之一便是柿子。这会儿的柿子其实尚未完全成熟,皮儿刚刚泛黄,如欲生食则生涩得难以入口,必须经过"溇"这道食序。所谓"溇"就是将半锅凉水烧至六七十摄氏度，然后将生柿子洗净，放入热水锅中。经过七八个小时浸泡，发烫的热水销蚀了柿子中的涩味，捞出沥干直接吃，生脆香甜。

中秋过后，诸水果也都到了退市的时候，而唯独柿子仍被乡亲们所惦记。它们先是被束之高阁，放在屋中顶棚或屋外的屋脊之上，再盖层薄薄的麦秸。说来也够奇怪，历经风霜吹打的柿子，即便是摆上了房顶，却依然能够抵御寒风和冰雪不会被冻成冰坨坨。反而经过一段时间沉放之后，变得软软和和，食之如饴。

其实，中秋前后，尽管柿子尚在生长中，但它却已经能够酿出醋来，成为农家的一种调味品。记得上世纪七十年代初，我大概十一二岁，那时吃的就是柿子酿出的醋。那会儿乡村生活贫困，家中开门"油盐酱醋茶"五件事，件件难有保障。此时，秋初天凉，地里的玉米大多长到了一人多高，秋风秋雨一场连着一场。正在生长的柿子，经不住风雨折腾，每天都有自枝头寥寥而落。母亲这当儿会叫我挎只竹篮，在早起上学之前，先到玉米地里去，踏着轻霜，绕着每一棵柿子树转圈圈，将那些掉下来的柿子，捡拾到篮子里带回家。我上学去了，母亲会将我捡回的柿子洗净，放进抱厦下的陶缸中，盖上木盖，放置在秋阳之下……

大概一个星期过去，陶缸里几乎装满了我捡回的柿子。秋阳款款地照耀着抱厦下那只静静的陶缸，十几天后，陶缸里的柿子开始发生微妙的变化。先是有不知名的小飞虫从木盖子缝隙间飞出,接着有淡淡的酸甜味儿,也从那木盖子缝隙间逸出,穿窗绕梁,满院飘荡。这天,母亲揭开缸盖,那浓浓的酸甜便冲天而起……母亲再把陶缸稍稍倾斜,便有那乳汁样的白色液体从柿子堆里缓缓溢出。这就是那会儿我们家,也是普通农户食用的家醋了。

摆在屋中顶棚和屋脊上的柿子,又被父亲挪来木梯,爬上去取下几筐。母亲则取出木模子,撒上层炒熟的白面粉,再将发软的柿子放入模子中,压成柿饼,取出风干。整个冬天,它便充作了全家人可以垫饥的干粮。算起来,这该是柿子的第三种吃法了。

说着,春节即将到来。从腊月二十三开始,村子里便响起孩童们放出的零落的炮仗声,各家各户有的蒸馍、有的过油、有的赶集备年货、有的扫屋洁院贴对联。而对于我来说,在心里面最为巴望的就是蒸馍过油,因为这两天的到来,则预示着我这常常口馋的人,可享得几天口福了。

"去,把那柿子再取十个八个下来。"母亲又对着父亲说。今儿个过油,母亲要炸麻糖。它是类似于油条、有甜味的吃食。通常它用的是经过发酵的发面,而且掺进了红糖。我知道,家里买不起红糖,母亲是要把那软且新鲜的柿子瓤,拌进发面里去,用柿子的甜替代糖。

浓浓的油烟味儿,从抱厦的屋檐下飘出。一根根暗红色、胖乎乎、散发着香甜的麻糖被母亲从咕嘟嘟滚着油花的油锅里捞起,堆在案头。站在一旁的我,咂巴着嘴,就有口水不自主地流淌了下来……这时,再想起中秋前后那缀满枝头的或红或黄的柿子,使得我有着色彩的记忆,又平添了香甜的味道!

雁 南 飞

秋末,故乡原野上的麦苗儿长到了一个手指头高,富足的底肥,充盈的地气,漫灌式的浇水,透亮的阳光,令它们的叶片绿中带乌,挺括且茁壮。这样的乌绿一直延伸到毫无遮拦的天际线边,田野显得格外旷远和幽深,甚至寂静得让人觉得有些异样。这当儿还是难得的秋闲时节,地里少了活计,乡亲们大多窝在家里操持着榨油、晒粉条之类的营生,而我却偏偏喜欢在这样的空当到清静际远的麦苗地里闲走。

我是想再次看见那行南飞的大雁。

三十五年前的那行大雁是飞越了太行山南麓,飞越过蜿蜒的沁河水,飞到我们村庄上空的。它们扇动从容的翅膀,一声接着一声有节奏地鸣叫。那飞行的姿态优雅而矫健,叫声中有难以掩饰的欢愉。我躺在松软柔绵的麦苗儿上,仰望长空,那行大雁正在悄然变幻队形:领飞的头雁大概是飞累了,身子一侧离开队伍,位居第二的那只便奋力振翅顶了上去；头雁回到队尾，由领飞归位于压阵，继续用短促的叫声招呼队友们切莫乱了阵脚……

　　遥望着那行渐飞渐远的大雁，直到它们变成一串蠕动的黑点，我的思绪便被拉回到遥远的过去。那天，一只大雁险些被猎人射杀在麦田里。我是半下午来到村西北这块麦田的。远远地，正好看到那行大雁在徐徐降落。这行大雁飞行得太久了，饥饿和寒冷迫使它们落地进食以恢复体力。此时，我看到邻村的猎手二孬，正躲在用树枝和枯草伪装过的犁橇后，半蹲着身子，一手持猎枪，一手推犁橇，缓缓接近正在专注觅食的雁群。

　　"二孬！"我用低沉的声音叫道，试图加以劝阻。因为去年亦在此时此地，我曾目睹他用同样的方式射杀一只大雁。他拎着那只苍灰色大雁的长长的脖颈，殷红的雁血顺着它的脖颈滴落在麦田上……

　　二孬并没有理会我，推着犁橇继续缓慢接近雁群。我知道我的阻喝对他不可能起到作用，于是，捡起一块硕大的土坷垃，用劲儿掷向雁群。雁群惊惧而飞。二孬的猎枪还是响了，但这回他放了空枪。

　　二孬站起身，拎着猎枪，对我怒目而视。我又从地上捡起块更大的土坷垃，昂首挺胸，同样怒视着他……我向往外部世界的思绪，就是从这一天开始，被大雁带到了遥远的南方，但南飞的大雁所带给我的，却远远不止这些。那时，我仅知道那行南飞的大雁，不是飞到黄河北岸边上汲水，便是飞到黄河南岸的邙山顶上落脚觅食。也正是从这一年开始，每年秋末，那行大雁总会鸣叫着，保持着整齐的"人"字形雁阵，如约而至。自村子西北天际飞过，自我的头顶飞过。我的思绪会一次次被雁阵牵引到远不可及的地方。我幻想着总有一天我会循着那雁阵的鸣叫声，跨过黄河和邙山，或者更远些的山野、湖泊、江河，一直追寻到我潜意识里的南方去。

我如此执着于潜意识里的南方，矢志不移地坚守了整整七年，终为上苍所感动和呼应。1983年，当我得知我可能有去广州的机会，便毫不迟疑地选择了南下，循着雁阵，循着大雁的鸣叫声。一晃，三十五年过去，那行大雁的鸣叫声从未在我的耳畔消失过，而且越发地清晰。它们扇动翅膀奋力飞翔的身影也一直浮现在我的眼前，在洁白的云朵上留下深深的印痕。三十五年时光匆促，地域所铸就的我身上的北方人执拗怀旧心性，亦未有所改变。回一回故乡吧，躺在松柔且柔绵的麦苗儿地上，再去遥望那行大雁的北来南往，当空长鸣，捡拾起心中那永远不曾被忘却的记忆！

装阳光于摇篮

阳光也是可以被装进摇篮的。一位智者说。

"哇啊,哇啊!"婴儿响亮的啼哭,在夜色里透过窗棂,从我家西厢房传出。1979年仲秋刚过,侄儿降生了。适才在堂屋踱着疾步的父亲,赶紧点燃三炷香,向摆在八仙桌上的观音瓷像虔诚地拜了拜,插进香炉。他舒了口长气,跌坐进罗圈椅里,眼角似乎挂了颗泪。

"恭喜你啊,得孙子啦!"俄而,梅娘掀帘进屋,满脸喜气地对着父亲说。母亲跟在她身后,手里抱着她用来接生的器械包。

"该谢您啊,嫂子,孙儿他姑也是您接生的呢!"父亲忙起身相迎。

十四年前,我妹妹降生时,就看见梅娘挎只小包被父亲急匆匆引进家里。那年我五岁,开始记得些模模糊糊的事情。

"嫂子,几块钱,您接着,辛苦半天了。"父亲将几张一块钱

的钞票递给梅娘。

"不中,不中,千万不能!那年接生你妮我要啥了?可别叫我破了规矩。"

"现时生活好些了嘛,您也要吃喝穿戴嘛。"

"有你哥他们养着我。"

"我喝口水这就回,让大妹子送送我。"梅娘坚持不收。

夜色尚浅,几只未眠的知了,拖着尖厉的嗓音,把夜鸣叫得更是空寂。身披夜幕,梅娘走进朗朗星光里去,一瘸一拐,脚步尤显艰难。

这斜倦的身影,我早熟悉了。

我们两家同姓不同族,是出了五服的本家。

曾听母亲说起过梅娘。梅娘娘家在我们北邻村侯庄,但她姓杨不姓侯,唤作杨梅。

我们西邻村张庄也有过这么位接生婆,村上老人们叫她裴嫂。

那年,杨梅十六岁,还没嫁到我们村。她弟弟降生,老来得子的她父亲,一早就把裴嫂接到了家里。可是,大概杨梅她妈已到了不饶人的年岁,折腾整整一晚,还在床上痛苦挣扎,呼天喊地。耳闻母亲从高到低、从强到弱、从撕心裂肺到仿佛奄奄一息的艰难呻吟;看着裴嫂满脸汗滴,甚至举手无措,急切地里外屋进进出出的焦虑神情;听着父亲跺足抚胸、抓耳挠腮的长吁短叹,杨梅紧咬牙关默默无语，心底却在一遍遍祈愿，千万再别出啥事，让妈妈顺顺当当生下弟弟或妹妹吧！

弟弟最终平安降生，而她母亲几近昏死过去，这一幕令杨梅刻骨铭心。

裴嫂就着油饼只喝了碗鸡蛋汤，便收拾包袱要走。

"你教我吧，我想跟你学。"裴嫂正要迈过门槛，杨梅扯着她的胳膊，恳切地说，眼神充满渴求。

"这？"裴嫂疑惑地望着她。

"你？"她父亲亦惊诧不已，用陌生人样的目光看着她。

"干这行吃苦不说，有时遇到难产，像你妈今天这样，出了人命怕是说不清啊，麻烦那就大了！"裴嫂劝她。

"那，这行总得有人干吧，您也快到岁数了不是？"裴嫂六十多岁，有时是显出了力不从心。

"孩子有这心，你就收她为徒吧。"她父亲或是被她的气魄所感染。

杨梅纤细的身影，开始频繁地出现在故乡原野的阡陌小道上，裴嫂带着她。两年后，若非难产，裴嫂便不再亲自上门，杨梅渐渐为十里八庄乡亲们所知。并且，她依然承袭着裴嫂的秉性，不吃请亦不收取财物，哪怕针尖大小的。

"有个名声，我就称心了。"若干年后她说。

再过两年，杨梅嫁给我本家伯，打我记事起，母亲便叫我们唤她梅娘。

梅娘的腿，是在接生我妹妹后不久摔断的。

那是个夏日，傍晚，一团黑云像一块幕布，掠过空中的时候，原本闪烁的群星，瞬间就被遮了去，但暑热依旧。梅娘正坐在院中葡萄架下纳凉，张庄的张贵仁急促地敲门，说他媳妇肚子说疼就疼，人已躺上床，怕快要生了。

梅娘忙穿上长衫，拎起产包就走。惨剧发生在回来的路上，我们两村间隔着条猪龙河，一段河堤成为往来的必经之路。天彻底黑下来，西北天边开始打起道道闪电。梅娘由张贵仁护送，他打着不甚明亮的手电筒。他俩刚迈上河堤，雷声就在头顶突然炸响，狂风亦夹着粗硕的雨线轰然而至，梅娘举伞欲撑，未来得及打开，脚下一个趔趄，滚落堤下。

故乡曾有"伤筋动骨一百天"的说法，然而百天之后，梅娘的腿却仍未痊愈。人们开始不安起来，她家小院里前来探望的乡亲们络绎不绝。

"以后谁家再请你，就让他们拉架子车来，你坐车去。"大伯宽慰梅娘。

"那可不中，看人家累得哼哧哼哧，我就怎心安理得？我哪承受得起。"梅娘说她尚不至于一步路都走不得。

"那就用自行车驮,这总行吧?"大伯又说。

"你这话倒提醒我,咱要不先买辆自行车?来的人会骑就载上我走,不会,我就走路,慢些呗。"

大伯原本亦是宽厚之人,梅娘既然这样说,他没不依允的道理。于是,村里的第一辆自行车便被大伯买了来。

装阳光于摇篮,梅娘是如此之高尚。她数年前虽已故去,但她的一生该会有无数的人在怀念着了。

借 火

困顿和尴尬年代的过往之事，往往苦涩且不堪回首，但之后的日子难免还会再次想起，这会儿它竟变得很是有些情趣了。

冬日的清晨，天色正经历着由黑暗转向黎明。照理，这时家家户户该生火做早饭了，然而，此刻的村庄上空依旧未见有炊烟升起。我家灶房设在抱廊西头，早早起了床的母亲，虽淘好了小米、切妥了下锅的红薯，却因缺了燃柴的"洋火"，额头上急出层薄薄细汗。挖河筑渠兴修水利的活计，大多放在冬季，父亲每天要赶着大早出工，饿着肚子那可不成。

住在前院的堂奶的屋门"吱扭"一声，随着一道光亮的照入而打开。头发花白裹着小脚的堂奶，端出一盆洗脸水，随手泼在尘土满地的当院。母亲闻声，扔下手里的扫帚，向堂奶屋子走去。母亲这是要向堂奶借火去。引火绳是父亲用秋收后剥下的玉米须须，赶着黑像搓麻绳般搓成的。它的独特之处在于被明火引燃之后，会变成难以熄灭的暗火。母亲迈着疾步回到我家灶台前，对准引火绳吹上口气儿，暗火头便神奇地跳出火苗，成为新的点柴火种。

在我们村能够买得起"洋火"的人家并不多，掐指一算也只有堂奶她一个老太太用得起。我这会儿年纪尚小，并不清楚堂奶、堂叔伯他们的家庭状况，但我知道堂奶是我们村唯一一位每个月都能收到汇款的小脚老人。堂奶的二儿子在内蒙古工作，是村里为数不多能领取工资的官员。他每个月雷打不动给堂奶寄钱回来，平时一个月五块，逢年过节十块。这已成为村里乡亲们闲话中的美谈。

我们这座前后两进院落的大门，亦被堂婶顺手打开。大门外等候着的众街坊像早早约好了似的，各人也都手拿着引火绳鱼贯而入，纷纷走进堂奶的屋子。俄而，她们小心翼翼呵护着手中冒着淡淡青烟的引火绳，面含微笑："赶紧、赶紧！"相互打着招呼返回家去。又过上那么一小会儿，村庄上空终于可以看到一缕缕乳白色的炊烟，悄然腾起，徐徐散开了去。

一根拇指粗细的引火绳，开始传递浓酽酽的乡间街坊亲切和谐的邻里情！

母亲做好了早饭，灶膛里的明火已然熄灭。在父亲和哥哥姐姐吃着饭的当儿，母亲从风箱上取过火钳，自灶膛中夹出一块被火烧过，却仍在发出暗红色火光的木炭，埋到灶口下的灰烬里。

这块暗火未熄的木炭会在灰烬中一直燃烧到傍晚,以用作做午饭、晚饭的火种。那些个早上在堂奶家借了火的街坊邻居,也都是如此保留这一取之不易的火种的。

有了堂奶的"洋火",曾经困扰我们这半座村子左邻右舍的火种,似乎不用再愁了。然而,堂奶毕竟有嫁出去的闺女和在外工作的儿子,上了年岁的她,走个亲戚或到儿女家小住亦该是常有的事,尤其逢年过节。每当这时堂奶就会把一盒"洋火"交给堂婶或我的母亲,待我们两家生着了炉灶,邻居们见天亮了便如约而至,倒也不会耽搁做早饭。

可是,世事再怎么顺遂也会有人算不如天算的时候。这回,堂奶去堂姑家说是只住半个月,而留下的那盒"洋火"即将用尽,却还是不见她回来,也没捎个什么话,堂婶和母亲不免心生急切。令人心生厌烦的寒风也来凑热闹,莽汉般横冲直撞,灌满了我家屋宇。家中失却了灶火热气暖房,宛如寒窑。母亲开始唉声叹气,想不出还有什么好的法子来解决马上就会无火可用的燃眉之急。

"嫂子。"堂婶推门而入。

"婶子不回来,我不敢说是咋回事了。咱得赶紧想出个法子来。"母亲搓着手,那口吻不无担忧。

"我这就去供销社,看能不能先赊着账,买盒'洋火'回来。"婶子想出一条主意。

"也中。这大冬天的母鸡不再下蛋,想用它换盒'洋火'也不成了。"上世纪六十年代中期,三年自然灾害刚过,母鸡的屁股被乡亲们叫作"农村小银行",油盐酱醋茶布,一应生活用品,大多得用鸡蛋去换。

"再一个办法,就是把街坊们都叫过来,大家商量商量。从明儿个起,各家做完晚饭,轮流埋一块隔夜炭火,保证第二天火种不熄。"母亲又说。

"中、中。"堂婶觉得母亲所言,不失为另一种好办法。

"舅妈!"母亲和堂婶正在商议,堂姑的大女儿玉玲突然掀开门帘叫道。她梳着长辫子,寒气已将她白皙的圆脸蛋儿吹得像挂了红的桃子。

"玲玲!"母亲和堂婶同时吃惊地叫道。

"俺外婆正要回咱城外村,咋的感冒发烧,拖了快半个月了还不见好。出不得门,她叫俺送一块钱回来,说是好让舅妈赶紧去买几盒'洋火'。"玉玲说着,从棉袄里兜掏出一块钱,递给堂婶。

"这?咱这就去做早饭,叫玉玲吃了再回。"母亲不知再说些什么,拉过玉玲渗出了汗的肉乎乎的手,可着劲儿地摇……

北风终于吹来了天上的雪,飘飘摇摇。接下来的每天清晨,寂静的村庄上空,总有或靛蓝或乳白的炊烟,依时逐户升腾,像古时的烽火台,接力般传递着质朴而又温馨的乡村气息。

冬天里的故乡

久居南方，就算在冬天也日日面对草茂枝繁、花红叶绿的世界，难免生发出枯燥和乏味。而冬天里的故乡，却是另有一番天地，那并不寂寞的景致，也像赶着季节，会准点地出现在人们的眼前。

故乡的冬天，是从吹来的第一阵北风开始的，时在阴历十月。那风只吹过一夜，原本哗哗作响且略显枯黄的树叶，便一宵尽落；甫出地面，尚鹅黄微泛的麦苗儿，则被覆上层白霜；鸟声难觅，人影稀疏，村庄和大地仿佛瞬间寂静下来。季节转换于顷刻，而人们的思绪这时却依然迟滞在金色的秋天。

雪，亦随之而落。起初，它宛如霜粒，只趁着夜色飘然而坠。天亮了去看，大地仅显朦胧的白，依旧呈现绿的主色调。随后，它洋洋洒洒地飞落，地上的白就犹如人身上的衣衫，现出时尚的俊逸和洒脱。再之，仿佛天神动容，雪似由仙手抖落，或为风车吹出，一道白色天幕悬垂下来。故乡，便在这雪的包裹下，变成美妙的童话世界。

在故乡，冬天的标志，当然是这充满柔情和灵性的雪了。

这时，拉开屋门痴痴地看孤单的鸟与银蛇共舞，就会想：雪花究竟为谁而落洒，难道只是为随之而来的春吗？或是为了布施人间的慈悲与圣洁？看着雪花编成的美丽和灿烂，心就游牧到了天边。

故乡，便也在这雪的世界中生动、活泼起来。蓝色的炊烟袅然升腾，炉火越发地旺盛。芝麻被炒出浓烈的香味，再被磨成棕色的浆，放入一口硕大的铁锅里反复颠动，暗红的麻油就从那浆中渗出，淡淡的香味开始四下飘散，宛如夜来香悄然开放，暗香轻轻浮动。豆腐坊、粉条坊亦渐次开张，妇女们纺线的嗡嗡声、织布的投梭声，也都变得越发响亮和激昂。

排练社戏的锣鼓热烈地敲响，胡琴伴着浓郁的豫味腔调，或高亢或低沉，或直白或婉转，或长腔或短调，跟着风走，回响在云端。而到了夜晚，你看吧，一盏灯、一张桌、一面鼓，或一块紫檀惊堂木，那说书人便摆开阵势，整个村庄的人几乎倾家而出，将他团团围在场子中央。他手舞足蹈，连说带唱，或情真意切，或悲天悯地，或怒而不言，将那书中的或人，或物，或事，生灵活现，款款道出。他所受听者之追捧，绝不亚于正风靡当下的海派"清口"，使得原本带着几分萧瑟且沉寂的村庄，在如此充满活力的曲调的冲击之下，鼓荡出古老的历史文化气息，生活韵味由此而平添。

而春节必是要来的。故乡上空的炊烟更为浓烈，蒸、炸、煮、煎，食物的香味扑面而来。街巷被打扫得干净利落，对联贴到了门上、墙上、树上。尤其，鞭炮一串串地炸响，火星闪烁，像祝福的礼花，将夜色点缀成流星雨的模样。这个季节的天空又总是晴朗的，吉祥的阳光终日四下播撒，偶尔会有一道彩虹弯在天边，搭成回乡人归心似箭的七色天桥。

冬天里的故乡自然而奔放，和谐而安详！

铁 匠 铺

说它是农耕文明的标记也好,说它是农耕文化的一种传承也罢,大凡乡间,每处村落里各式各样的手工作坊都是不可或缺的,榨豆油、磨香油、点豆腐、做粉条、酿土酒……大概会有十数种之多。尤其秋末冬初,果蔬粮入了窖窑、归了仓,播种完了冬小麦,人们身心皆清静下来,就有时间和理由开始享用辛苦劳作近一年之后的收获了。所以,此刻的村庄上空要么白烟紫气笼罩,要么柴火味和着浓郁的油香味儿四下飘逸,让人抿着嘴唇出门咂巴着嘴唇回家。遗憾的是这样冬日热气腾腾的景象并不太长,除了点豆腐,大多到了过年之前就要收工关门。在我们村唯有一间作坊,一年四季开着,那便是在村子南街居中焦爷家街屋里的铁匠铺。

铁匠铺虽然安置在了焦爷家,但它实则为村集体所有。它开张有二十年了。前年,乡亲们推选的"掌柜"克祥爷突然病逝在公社医院,正赶上夏收夏种农忙,天天都有乡亲们络绎不绝地到

铺子里买或以旧换新镰刀、锄头、铁锹、钗子等。情急之下,村里只好从邻村安平寨请来制铁手艺远近闻名的何师傅。按照约定俗成,在这样繁忙季节聘请来村的师傅,是应该翻倍支付工钱的,但当前去请人的村干部向何师傅允下如此承诺时,不想,憨厚的他却摇着头说:"可不能那样,咱村乡亲们请我去是看得起我,咋还能多收呢?"

何师傅的手艺传自祖上,到他已是第四代,他不忘传承忠厚守信仁义,越发受到寨子里乡亲们赞许。听说,他在寨子里开的那间铁匠铺,打制好的物件就那么挂在墙上。乡亲们来买来换,无须多言,看中了哪样,取下它,然后把钱或者旧件丢在风箱上的铁皮盒子里或柳条筐子里,就可出门走人了。全村上下好几代人都用着何家的铁具,乡亲们早已记着了它的价格。有时,即便一时手紧,拿不出钱来,你也只管进铺拿东西,赊着账何师傅连问都不会问一声。

为何师傅打下手、他招收为徒的,是我家斜对门刚刚二十岁的小逢叔。小逢叔或天性如此,那身板除却身高不及穆铁柱,头、肩背、四肢,还有那买不来合适鞋子的大脚板,举手投足,皆一北方壮汉。也唯有像他这样身材的汉子,方抡得起那数十斤重的大铁锤,一抡就是上百下。而出自制铁世家的何师傅却个矮身瘦,不过,他的双手既灵活又灵巧。他的双眼已被炉火烤得灼灼有神,加上眉骨上那两道卷飞的长寿眉,给人以智慧和福气之感。

抡大锤是力气活、苦差事。当年,为克祥爷打下手的是我家未出五服的本家兄长孬哥,嫌着了苦累就趁着师傅的病逝再也不愿踏进铁匠铺了。村里正在犯难,小逢叔却自告奋勇,奇怪的是竟被何师傅一眼相中。这还未到三年,小逢叔有时也可以弃锤掌钳了——打制物什全凭掌钳人的把控,敲打出不同的形制。这可不是天性么!

冬天似乎来得很快,才刮了几天的北风,雪片就在天空中花絮般地飞舞。而每年的这个时段,铁匠铺里总会来来往往着闲人,我想象他们在这里要么天南地北吹牛聊天、要么喝酒划拳、打牌下棋,权作避寒取暖和冬天作乐的所在了。

"下午放学,到铁匠铺来烤火吧?里面可暖和了。"这天清晨,我出门上学,手里抱着小暖炉,正好碰到要到铁匠铺去的逢叔。

小暖炉是只类似香炉的铁罐罐,也不知过去它是干什么用的。冬天里,父亲每天早上会把谷糠装到里面,点着了它,让我抱着上学。谷糠燃烧持久且无烟,到了学校放在凳子腿边,既烤暖着脚,又可以烤到伸过去被冻僵的手。但它也就燃着一个上午,到了下午便变成一罐子冰凉的灰。

"我能来吗?"我知道,常到铁匠铺里去的净是些大人们。

"咋不能?"逢叔反问。

我点了点头。

其实,我之前是去过几回铁匠铺的。一次是在一个秋天雨后的晚上,尚未上学的我总爱跟在父亲身后串门。落过雨的秋夜,天有些凉,月光就尤显清亮。劳累了一天,沉浸在这样的夜色里,心绪会格外宁静和澄澈。我以为,父亲又会到他常去的正泰爷家,聊他那段当兵的传奇故事。谁知,他头也不回地直向那会儿克祥爷当着"掌柜"的铁匠铺。

"你,咋能这样子对待你老婆?!"刚到门口,就听到铺子里传出克祥爷的厉声喝问。

进到铺子里我大概明白,是我家隔壁健旺叔那天喝多了酒,回家朝媳妇发酒疯,还动了手。媳妇抱着孩子跑回娘家,健旺没脸面去见丈母娘,只好前来求助克祥爷。

或是到了该打烊的时候,炉口没了火苗的跳动,克祥爷也已收拾了锤、剪、钳,屋子里安静了许多。

"只此一回,再喝醉了闹出事来,我可就不客气了!"克祥爷在村里岁数不大,却辈分长,自然威望高。加上他"掌门"铁匠铺,乡亲们无不高看他一眼。所以,他当着如此众多的人训斥健旺,健旺连一句想要解释的话也不敢说。

第二天下午,健旺叔的媳妇就跟着克祥爷回到了家。

后来,我上小学,跟着父亲又去过铁匠铺,每次所看到的要么是克祥爷在同大伙儿高谈着种庄稼的事，要么帮着劝和夫妻、婆媳吵架的家务事；也有说媒和谈买卖的，而聊天和闲谝则无影无踪了……

这使我不禁想起了克祥爷出殡那天，全村人自发走出家门，排队为他送葬的情形。

下午放学，我还是顺应着逢叔的话，跨进焦爷家街房那高高的大门门槛，便清晰地听见了铿锵而富有节奏的打铁声音。掀开棉布门帘，一股热浪扑面而来，何师傅和逢叔均上身赤裸，只有挂在脖颈上的皮制裹兜，遮挡着飞迸而来的铁屑火花。他俩或是没有时间理会我，专注地打着铁。我这是第一次见到何师傅打铁，心里不禁有些新奇。但见他右手持着铁钳，夹着已初具锄头模样的铁板，不时翻动；左手拿着把小铁锤，不停地叩击铁砧子。而逢叔则挥汗如雨，抡起那把数十斤重的大铁锤，随着何师傅右手的翻动，并和着他左手中那把小铁锤富有节奏的敲击，或轻或重，或迅疾或缓慢，准确而甚有劲道地砸向那即将打制成型的锄头。这会儿，大小铁锤你敲我击，铿锵之声清脆悦耳，富有特别的韵律，再衬着那四下迸发的火星，俨然是一首伴随着礼花燃放的协奏曲……

那块铁板散发着暗红色的光，终于变成了一把锄头。何师傅低头看了看，大概觉着还有不尽如人意的地方，随之将它放入铁

砧子边的水桶里，刺啦啦的声响，激发出的一股热气冲天而起。紧接着他又从水中夹起已变成暗蓝色的锄头，端详半天，重新放入炭火中，右手拉动风箱，就有红色的火焰忽高忽低地上下闪动了……

逢叔这才有了喘息机会，微笑着朝我点点头，算是打了招呼。我这时也刚好从适才那激情飞扬的场景中回过神来，将目光投向这间屋子的四周墙壁。它其中三面挂满各式铁具，镰刀、斧头、锄、锹、镐、叉、穿成串的钉子……这时，门帘掀起，门口一亮，一位街坊走进来，说是要买一把四齿叉。

"都墙上挂着，您随便挑。"何师傅说。他停下手，取过放在风箱上的长杆铜烟锅，对准炭炉燃着，吧嗒吧嗒吸得有滋有味。

我随着那位街坊走出铁匠铺，虽然屋外依然寒气逼人，而我却心身俱暖，直到走进家门。若干年后，我还会回味起这间铁匠铺，方才有所醒悟：令我心身俱暖的原来是克祥爷和何师傅身上那种共有的"匠心相扶"的匠人情怀！

冬　藏

故乡，是紧靠着黄河北岸的一座小村庄，冬季寒冷而漫长。加之寒风吹过黄河来到南岸，受到南岸邙山的阻拦，又折回到北岸去，如此北岸边的村村寨寨更平添寒意。是故，储存过冬的瓜果蔬粮，便成为秋收之后乡亲们接着要忙活的一件大事了。这就是冬藏。

仅从字面上来看，冬藏似乎是件轻而易举的事，而实际上却远没那么简单。那些个繁忙景象以及乡亲们所展现出来的聪明才智，我至今都很难忘。

冬藏，自然得从最先收获的玉米等秋粮开始。不过，粮食的收藏倒真的是方便，无外乎是把玉米、谷子、绿豆剥下或打下的籽儿晒干，拣净夹杂其间的细石、草屑、土粒，然后藏于囤或封于缸便可。接着是红白萝卜、白菜、大葱等蔬菜。冬藏它们最需注意的是既保持其水分，又不能捂坏。乡亲们这时所想出的办法，就是在自家院落一处靠墙角的地方，挖出一口宽窄合适尺把深的土坑，将萝卜、大葱头儿朝上，根部向下，一颗颗或一捆捆挨着排列整齐，接着敷上层薄土，把麦秸秆或玉米秆儿盖上，再敷上层薄土。这样，土坑里的萝卜、大葱既接引着地气，间接地保有着水分，又通透着气流，防止被捂坏或受强烈的北风吹袭而风干。

萝卜的另外一种冬藏方式，是干脆令其快速脱水晒成萝卜干儿。从方法上讲这样的冬藏要麻烦得多，只不过萝卜干儿可以存放得久一些而已。晒萝卜干就在拔萝卜的当日。这天，家家户户出门收获萝卜时，都会扛上一具"凳子刨"。它的结构相同于木匠使用的木刨，只不过安装在木凳上，权作支架。乡亲们一边拔出萝卜、去了头叶，一边刨将起来，每当刨满一筐，便端到相邻的麦地里去。你看吧，这时的麦田同样地热闹，乡亲们会一家占据着一小块麦田，将萝卜片儿尽力抛撒出去，划出美丽的弧线。白花花的萝卜片儿铺在刚刚拱破地皮的麦苗上，麦苗顶着萝卜片，其下方便形成了中空。如此，上有阳光烁照，下有北风频吹，仅两三天便被晒成了雪白透明的萝卜干。它被捡拾到竹筐子里，悬挂于梁头，继续被北风吹着，一直这么保持着干干脆脆。若欲食用，用温水泡上一小会儿，萝卜干不但很快恢复了萝卜原本的新鲜味道，同时，还会增添特有的韧性，咀嚼时更为筋道。

相对于萝卜和葱们，冬藏白菜就又省心许多。因为它不惧干烈的北风，从地里收获回家，乡亲们就直接将它摆放在屋梁上。不过几日，它最外层的帮子便会风干，即使往后北风再为猛烈和凛冽，也是吹袭不到它的内里去的，其水分自然而然便被保存了下来。

当然，白菜也有另外一种冬藏方式，那就是将它腌制成酸菜。腌酸菜稍嫌复杂，大概得有四道工序。头道是挑、剥、切。从一大堆白菜里挑选出菜心包裹得瓷实的，剥去外层硬帮，然后横竖两刀，一颗溜圆的白菜即刻变成有了棱角的白菜条。接着，将其放入早已烧好的硕大的开水锅里焯上一遍，乡亲们叫它"过水"，也就是把白菜自身所含水分给"逼"出来。第三道工序是沥干和入缸。沥干，是把焯过水的白菜条，有序地摆放在由高粱秆子编织成的席子上，过罢半晌时间，白菜条上滴水不挂，随之而一层叠着一层，放进先前已经洗得干干净净的陶缸里。最后，向陶缸中加上清水，使白菜条完全浸入其中。有的人家为了来年的酸菜更有味道，会用泡了花椒的水来浸泡，别有滋味。封上缸口，直到来年春天青黄不接时开启，去年还是洁白的白菜条，现在则变成橙黄且又酸又脆又麻的酸菜了。

最难于冬藏的大概要数红薯，因为它既怕冷又惧热。然而，此刻的红薯将是之后冬春半年时光里乡亲们的主食，即便劳力费时也是必须要冬藏上几百上千斤的。于是，乡亲们在红薯尚未出土之前，便谋划着挖土窖。挖土窖是件颇为繁重的活计，需先竖着向地下挖，大约挖到六七米深，再横着掏出地洞。这地洞便是最终冬藏红薯的地方了。挖土窖的另一个难度是既不可挖得过深，却又不能挖浅了。过深，窖里温度高，红薯易发霉生出黑斑；过浅，窖中温度低，红薯则又会被冻伤。两种情况无论哪一种出现，红薯都不可再为食用。

在我们村武爷是挖地窖的高手，谁家的地势高或低，土质为黏土还是垆土，他心里一清二楚。这关系到挖窖的深浅。所以，每年秋末，他频频东家进西家出，帮着乡亲们测窖深、估温度。就是往年挖好的、已经使用过的土窖，到了第二年也还是要请来武爷校正的。气候年年在变，地温在变，窖里的温度当然也在不断地变。武爷会指点着乡亲们，将地窖再挖深二三尺，或将窖口扩大三五寸。

收秋，忙；收秋之后的冬藏，同样忙。乡亲们在这样的季节里年复一年地传承着农事和农技。时至今日，农事和农技似乎可以全部使用机械手段去完成，而类似于冬藏这样的技能，大多还是需要人工去传承的，这也是我们应该倍加珍惜的啊！

过火爱情

天黑下来,夜向深的时候便越发沉寂。抑或是冬至了。村中十字街口要在往日,汇拢于老槐树下,天南地北、鬼神怪兽、插科打诨的老老少少,会成群结队络绎不绝,喧嚣嘈杂声往往至子夜时分。而现在却人影寥无,一派清冷。

火苗就是在这当儿从老槐树下蹿起来的,借着北风被吹得火星四溅。

"你走吧,权当你死了!再回这家门,你早托生成了……"

哭声,充满愤慨和憎恨,从火堆旁向远处传去。

其实在家乡,这是种仪式:亡人出殡当晚,在自家门口烧堆火,传说借助亡灵对火的恐惧,驱逐其远离家门,永不回还。

是贾奶奶在哭。

贾奶奶是我家远邻,她不过才四十岁出头,我是在按着辈分叫。

贾奶奶家的大门正对着十字街口。

贾奶奶哭她女儿玉青竟跟她们生产队队长私订婚约,诅咒她去变作有家难还的死鬼。

还在年头春意正浓的时候,一天收工回来,玉青面带羞涩,轻着声对贾奶奶说:"妈,我相中了庆春了,他娘正合计着来咱家下聘礼提亲呢。"

"咋,这事儿真的?"顿时,贾奶奶目瞪口呆。

"真的,我思前想后好久了,还是庆春最踏实可靠。"玉青挥挥手里正绣着花的鞋垫说。她已经偷偷绣给庆春四五双了。

早些时候贾奶奶就曾有所耳闻,街坊间隐约传说玉青和生产队队长庆春私下里好上了。而她却丁点儿不信,一则庆春年大玉青十二三岁,往四十岁上数了;二则庆春辈分高,照理玉青该叫他爷爷,而且,他俩虽不同族,却同姓;三则庆春父亲去世早,他娘年近七十,他独子单传,孤儿寡母,家里不免清冷和清贫。她想,玉青是不会相中庆春的。所以,这事她至今没向玉青提起过。

"你说能成吗?那庆春老、丑、瘦,你犯贱呐,鲜花往那牛粪堆上插!"贾奶奶将手中的菜刀啪地甩到案板上。

"他就是能干、人好,我相中了。"玉青亦情不为所动,似铁了心。

在我们村庆春的确显出与众不同。他属那茬"老三届",当学生时就成绩出众。我上初中在"文革"后期,其间兴起过一段不太长时间的"高中热",几乎村村办高中,而质量却颇为堪忧。老师教不好、学生学不会,放学路上常见同学向他请教。他就顺手从路边抓过根树枝,蹲在地上边讲边推演解题,看上去比老师还在行。他种地也是把好手,生产队那百十亩田地,他带着那百十号社员侍弄,连年好收成。尤其,整个生产队被他调理得风清气正,邻里和睦,远近闻名,公社书记逢会都会表扬半天。

"这好那好,四十边上的人了,硬找不上媳妇,媒婆也没去为他提过亲?哪点招人喜欢了?"贾奶奶手指玉青鼻头,直瞪着眼问。

"想找他的人多了,庆春他不愿委屈自己。"

玉青问过庆春,你咋恁大岁数也没找上个媳妇?他说他是错过了不少相亲机会。他妈则说他心性过高。

"你要找他,就别认我这娘,从此就不要再进这个家门!"贾奶奶把玉青推出屋门外。

玉青和庆春央求媒婆去向贾奶奶说合,她概不见面。

走投无路,玉青先是住到同学家,日子久了,她索性陪着庆春妈住在他家堂屋,而庆春则独个儿住东厢房。贾奶奶也好几次手拎木棒,寻衅庆春家,说要打断玉青的腿,皆被众乡亲拦了回来。

"你这不是倒逼着玉青和庆春赶紧成亲么?"有街坊劝贾奶奶说。

"她活该,我也活该!"贾奶奶朝地上吐了口唾沫,决绝地说。

季节,人总是拽不住的,吹落雪花的北风让人生出莫名的焦躁和悲愤心绪。烧过那堆火贾奶奶就病倒了,在临近过年的时候。

闺女跑到隔壁人家，相距不过一箭之地，却恩去怨结不得相见；儿子正上初中，聪明劲儿尽用在贪玩上，闹出的乱子令她应接不暇；更叫她难以忍受的是丈夫，他每年这时都会从山西煤矿上回来，这回却早早捎信说矿上回家过年人太多，人手紧不准他总是逢年过节休假。房子里的家具似乎都是用冰块做成，寒气盈屋，阴虚火旺，她口赤嗓涩，唇边凸起圈儿燎泡，从未有过的高烧，终使她躺倒床上。

这个冬天，她心上又多了份疼痛。

"姐，妈病了，好几天都不吃东西！"她弟弟跑到庆春家，喘着粗气。

玉青大惊失色，几次回家被拒之门外，她想拖上段日子，她妈总会谅解的。

"妈——！"玉青扑向床头，一声长长的哭喊，凄厉、撕心、裂肺。

庆春拎着罐绿豆汤，端立在侧，悲怜神色里闪过一丝惶恐，他不知道贾奶奶这会儿会有怎样的反应。

头朝里曲体而卧的贾奶奶，闻声转过身子时脸上已满是泪珠。

她缓缓伸出微微颤抖的手，拉过玉青，嘴唇努了努，却终是没有发出声来。

她脸上的长泪依然在默默横流。

映 天 雪

"起床了!"我推醒正侧身睡着的妻子。

"还早吧?"她咕哝,伸手去摸索枕边的手机。

"天都亮了。"我抬头瞥了眼床头边的窗户。窗户是格子状的老样式,母亲为着好几年才回一趟家的我们,新糊了洁白的窗纸。

晨光已透过窗户照亮了里屋,桌椅柜箱的轮廓清晰可见。

这是我俩回乡探亲迎来的第一个早上。

推开门,院中景象立刻看呆了我。昨晚,天不知何时竟落了雪。而且,这场冬的初雪还下得挺大,院地、屋脊、光秃的树冠,甚至挂在屋檐下的黄灿灿的玉米棒子上,全都裹上了层指把厚的雪。

如妻所说,天其实并未发亮,原本只是这不约而至的雪借来的天光,亮堂了大地。

故乡人,把这样的雪唤作映天雪。

每回,从喧嚣的广州回到阔别既久的故乡,我的心就会越发

温暖起来。总想动动笔写出些什么,却又不知一时来怎样描述这种温暖所恩赐于我的惠泽。但奇怪的是只要我在故乡的土地上走上那么一遭,因了故乡而令我感到的丰厚的拥有,便会源源不断地汇聚笔端。

大街上,同样洁白、宁静和空旷,映天雪所营造出的晶莹、剔透的世界,如梦似幻。我和妻并肩站在大门口,出神地张望着这温馨的一切的时候,停歇下来的映天雪又悄然而下。那飘忽而至的雪好似长了蜜蜂般的翅膀,蕴含了灵性,轻轻地、静静地,纷纷扬扬,让黎明时节的天地突然就鲜活起来。

"吱扭。"对门章奶家的街门被倏忽拉开。

"章奶也起这么早?"我正疑惑,裹着大概是她女儿的绛色头巾,身穿一袭黑色棉衣裤的章奶,跨出门来。

"早啊,章奶!"我赶紧趋前打招呼。

"咦,你俩更早咧。"章奶亲热地拉过妻子的手。这是我俩第二次回家了,章奶还记得她的模样。

"您这是去……"我以为章奶趁着早去赶集。

"每年下头场映天雪,就想起你宝之爷被抢救这回事,咋着都睡不着,非得到这大街上待上会儿不可,哪怕就这么十冻着。这不,都二十四五年了。"章奶眯缝着眼,抬头仰望飘忽在头顶的雪,似乎陷入久远的回忆。

其实，宝之爷被送医院急救这件事，我记得同样清楚。

那是上世纪七十年代初的事儿，我还上着小学。

"哥，快起床！"那一天我们都睡得正香，街屋堂叔急切地敲我家的窗户。

"咋回事？"父亲一激灵，隔着窗问。

"对门宝之叔大概得了盲肠炎，疼得在床上打滚。克兴说得赶紧送县医院开刀，要不命都难保！"克兴是大队赤脚医生。

"那就赶紧！"父亲翻身下床，欲夺门而出。

"爸！"我在他身后喊。

父亲回过头，疑惑地望着天光微亮中的我。

"咋了？"每到冬天，父亲喜欢我睡在他脚后，权当他的"暖脚炉"。

"哦，都人命关天的时候了，谁还计较恁多！"父亲说罢，一伸手就拉开了门闩。

昨天早上，放学回家，远远听见我家门前传来激烈的争吵声。走近了，方才看清是宝之爷和父亲。他俩因了两家街门前地界的"一寸之争"险些大打出手。

我也急忙穿好衣裤，紧随父亲来到大门口。

还在密匝落着的映天雪，令我禁不住倒吸了口沁入肺腑的寒气。这场映天雪大概下了整整一夜，不仅门前的门槛石早被淹没了去,我刚踏出屋门就听"扑哧"一声,脚脖子便没入了雪中。

宝之爷家门口,除却堂叔、赤脚医生克兴,武爷、旺叔、孬叔、喜全叔和生产队长法明叔,已围拢在了一起。

"这么厚的雪,架子车可是拉不成了!"大冷的天,法明叔急得直抹额上的汗。

"找两根长木杠,扎成担架,抬!"武爷年轻时当过支前民工,抬过担架,果断地说。

很快,法明叔从家里扛来两根雪花尚挂的木杠,旺叔则拎来两团长麻绳。武爷单腿跪地手把手教着父亲和喜全叔,三人就地扎起简易担架。

映天雪宛似早春二月的杨柳絮,下得仍猛。有打鸣的公鸡扯着嗓子啼叫,大概到了黎明前的五更天?雪花裹了武爷、父亲他们,他们便雪人般地忙碌。也就一袋烟工夫,担架扎好。章奶和克兴搀扶着宝之爷挪出街门,跟在身后的孬叔抱着两床棉被,一床用来铺垫,一床用作盖身。

"咱四人一班,一里路一换,咋样?"武爷见宝之爷躺上了担架,趁机点上一袋烟,用着劲儿吸。

"中。"

"中。"

"咋着都中,累了换肩。"

众人应道。

"那中,就搁我在第一班了!"武爷在鞋底上磕完烟灰,那口气不容有丝毫的质疑。

"走起!"父亲蹲下身,喊道。

"走起!"武爷、旺叔和喜全叔也蹲下身,四双粗糙却异常有力的大手,握着担架的四端,一声齐吼,便将担架抬离地面,扛在了各自肩头,高一脚低一脚,向村东口走去……

我一直站在街门口的老榆树下,看着父亲他们披着映天雪所借来的天光,以及他们即将消失在街头的背影,心怦然而动。尤其,刚才听到父亲"走起"那一声低沉的吼叫,使他们的身影在我心里倏地伟岸起来!

"章奶,天冷,您还是回屋吧,宝之爷还等着您做饭哩。"我唤回记忆,对着站立在风雪中的章奶说。

"这事都过去多少年了,自从你宝之爷开过那一刀,身体可好了!"章奶也还记得那个映天大雪的三更天,我也是抢救宝之爷生命的见证者。

"我带她到雪野里去走走,看看当兵前我和大伙儿一起挖出的那条渠。"我俩向章奶挥挥手。

"去吧、去吧,当兵前你干过十几年庄稼活,田地里给你的东西多的是。"章奶也朝我俩挥挥手。

我一直站在街门口的老榆树下,看着父亲他们披着映天雪所借来的天光,即将消失在街头的背影,心怦然而动。尤其,刚才听到父亲"走起"那一声低沉的吼叫,使他们的身影在我心里倏地伟岸起来!

我和妻挽手并肩走出村西口,脚踏积雪,便听到了十几年前曾经听到过的熟悉的"扑哧、扑哧"声,那种亲切的意绪便立刻涌上心头。这种久违了的声音引导着我俩,向着那望不尽边际的雪野走去,心里于是充溢起了故乡恩赐于我的温暖!

年　味

也就是一阵北风，白绒绒的雪紧跟着飘落了下来。不大会儿，屋脊和麦苗儿上也为雪花所笼罩，田野和村庄银装素裹，一览无余。风雪中的村子鲜见有人出门，并因了雪景的衬托，在越发显得安宁的氛围中又平添了几分恬静。

一只急于觅食的喜鹊，孤零零地站在高高的老枣树的枯枝儿上，四下张望，并不时喳喳喳地叫，叫出一派天地的沉寂和沉寂中的喜气。

冬，说到就到，仿佛就是一瞬间的事儿。

不过，这仅仅只是故乡初冬时节短暂的宁静景象，用不了多久，她便会重新热闹起来。先是村东头焦爷家的豆腐店腾起一股股白烟，传出淡淡的卤水味；紧接着村西二小队也拉开了做粉条的架势，红薯粉碎机从早响到晚。晾晒场上，新出锅的粉条，被撑杆撑着，挂于铁丝拉线，一排排、一行行，在阳光的照射下散发出晶亮的光泽。尤其,村北街老谢头家的香油坊、村南街三小队的豆油坊,一南一北、一大一小,几乎同时开张。于是,整个冬天我们这座坐落在豫西北平原一隅、千把口人的古而小的村落,便被时而浓烈、时而轻淡的阵阵油香所包裹。每天,人们一大早出得门来,就像呼吸着早春二月的梨花香,心旷神怡,神清气爽,成就了一天的好心情。

气温一直走低,雪花像是被风搅起的杨柳絮,在风中密密匝匝地漫舞。地上的雪亦越来越厚,一脚踏上去,能够听到它所发出的"扑哧、扑哧"的响声,于沉静中显出别致的天籁般的韵味。油香也随着雪中的风飘向田野,飘到更为遥远的四邻八乡。邻村人家谁都知道我们村开着几间作坊,不用敲梆子转乡吆喝。大家伙到了该换油、换豆腐、换粉条的时候,自会拎着自家的芝麻、黄豆,拉着装满红薯的平板车,来到我们村,按照约定俗成的出品率,过秤、取油或豆腐粉条、走人。而且,后来被当作上等肥料的豆饼油渣、豆渣和红薯渣,如果不愿带走,还可作价抵钱,当场再买了油、豆腐和粉条,高高兴兴带回家去。

这样,我们村便一日热闹过一日,宛似赶庙会、早集一般,亲戚、工友、同学、远邻,男女老少,从东南西北汇聚而来。不同村不同俗,不同村亦语不同调,不变的是见面时那打招呼的热情、那开怀的畅笑、那紧紧相扯久久不愿松开的手:

"走,到咱家喝口水,解解渴!"

"来,咱这邻村的老兄弟,久不见了,到家里喝盅酒,暖暖身、叙叙旧!"

"猪头肉和油炸花生都备好了。"

"先捎个话给俺娘,过两天俺就回去看她。"

问候声、邀约声、说笑声此起彼伏,原本安静甚至有些冷清的村庄,皆因了这几间作坊的存在,而释放出浓酽酽的乡梓乡情……

雪下得再稠的时候,年关匆匆抵近。入冬以来大多数时候藏在云后面的太阳,颇为识相地拨开云翳,探出头来,将久违的光芒洒在了厚厚的雪地上,天寒地冻中终于透出难得的暖意。家家户户开始就着有些刺眼的太阳购买年货,蒸馍馍、过油、包饺子,扫屋清院和贴对联。四间作坊越发显得忙碌,粉条、油、豆腐这些必备的年货更是抢手,粉条作坊门前甚至挤着满满当当的人。

他们开始了各自的加班。先是南街三队的豆油坊里,五六位壮汉,屋外哈气成冰,而屋里的他们则只穿着粗布裤头,边喊着高亢的号子,边抡起三十斤重大铁锤,富有节奏地砸向一根粗硕的木楔子。正是汇聚到这根木楔上的千钧挤压力,将夹在两根屋梁般粗的豆饼愈挤愈紧,其中的油便被一滴滴给挤了出来。而北街的谢老头则把推磨磨芝麻浆的儿子给换了下来,套上只小马驹,快马加鞭,拉着那盘小石磨,飞快地转动……

村子上空油香弥漫,和着面香味,甚至蓝色炊烟里的柴火味,和着急促的切菜、剁肉、剔骨的刀声,翻滚的油锅里发出的嗞嗞的声响。这大概就是我们这帮少年伙伴期盼已久的过年的味道了?

年味一日浓似一日。年,终于来了!

寻 亲

那一年"文革"刚结束,要过的第一个春节,在经历了那场风暴的"洗礼"之后,年的味道就倏地浓烈起来。自进入腊月,家家户户便飘出或蒸或煎或煮或炸或熬的食香味。而对于我们家来说,更是多上一喜,当了兵的大哥休假回家过年。父母早就在做着盘算,这个年要过得多几分乡间俗气,弄稠些年味儿。

大年初一,天格外的晴朗,阵阵鞭炮声早早地炸开了黎明。吃罢饺子,人们开始踏着阳光下熠熠生辉的积雪,你来我往,说着平时不常说的拜年话,大街小巷飘逸着热烈而祥和的气息。我们家更是热闹,前来拜年问好者络绎不绝,年长者多是想瞧瞧大哥的军人威武风采;和大哥同龄的年轻人们,则围着他天南地北地聊,欲从他那里听到外面世界的风情世故。父母自是乐得合不拢嘴,我则乐颠乐颠跟在大哥身后,满门心思憧憬着有朝一日也能穿上军装,像他一样英武和神气。

夜色亦是在零落的鞭炮声中降临，显得更加寂静。少却了人来人往，母亲似乎变得闷闷不乐。尽管她也说些轻松的家常话，想有意识地加以掩饰，我们兄弟几个还是能从她轻蹙的眉宇感觉得到她或是掩藏着难以述说的心事。

"妈，想啥呢？"大哥关切地问。

"哎，明儿个该是妈回娘家瞧你外婆的日子了，可惜妈没这样的福分。"说着，母亲竟哽咽难语。

母亲的话引发了全家人隐隐作痛的回忆。

上世纪三十年代初，母亲出生在河南漯河临颍乡一户极度贫穷的农家。十岁那年也就是1942年，临颍同样遭受到百年不遇的大饥荒，外公和三个舅舅中的两个饿死在床头，三舅也饿得只有在地上爬行的力气。人们纷纷外出逃荒，以求能逃出一条活路。母亲扯着外婆破烂的衣袖，却是没有了哭喊的力气。这时，人贩子到村子里来买人，想着还能换回五块大洋，母亲挣脱外婆的阻拦，让人贩子牵着，踟踟蹰蹰、踉踉跄跄直往西北而去。

残雪零零落落地铺开在有着丛丛枯草的冬日荒野上，炊烟寥无，人影稀疏，大地死一样沉寂。母亲随着一群人踽踽前行，瘦弱的身影渐渐消失在血色黄昏的天际尽头。这一走就是三十五年，她被人贩子从豫中贩卖到西安，被后来从艺的爷爷用十块大洋买下，之后再随着父亲回到黄河北岸的温县乡下。尽管她曾无数次地想去寻找外婆和三舅，一是家里穷凑不出路费，二是她已记不起回家的路该怎么走。温县与临颍之间相隔着六七百里地。正月初二回娘家，在过大年这样特殊的日子里偕夫契子，与娘家亲人相见不啻是件热闹且大家都格外看中的事。而几十年过去，无论有家难归还是已无家可归的母亲却从未有过这样的亲情相聚。血脉被苦难的生活残酷地割裂，可以想象它是多么无情地煎熬着母亲的情感。

"妈，我给当地政府写封信，把事情写清楚，请政府帮助找一找，说不定还能寻到外婆她们。"二哥在县化肥厂上班，也算见多识广，他出了个主意。

"能成吗？咱这点小事，太麻烦政府了吧？"母亲将信将疑。

"试试吧，想着还是有可能的。"大哥也说。

我们都觉得二哥的想法可行，就怂恿信由他写，我到镇上去投寄。

一封携着我们全家人殷殷希冀的信，从黄河北岸向着黄河南岸传递而去。当然，我们的心里自是更多了份情思切切的期待。

也就十天的样子，难得的又一个艳阳天，大伙儿正聚在街头屋檐下晒太阳，穿草绿工服骑草绿自行车的乡邮递员，寻寻觅觅来到我家门前，叫着父亲的名字签收挂号信。望着宽大厚重公函式的信封，父亲的手哆哆嗦嗦几乎握不稳笔杆。

信是临颍县民政局发来的，不仅为我们找到了外婆，而且还写明了联系地址。原来，就在母亲被人贩子买走不久，实在无法再支撑下去的外婆和三舅，亦只好背井离乡，一路逃荒南行，母子俩最后流落到南阳镇……

　　"还是政府能行，看得起咱这军属！"母亲喜极而泣，急着就要收拾行李赶往南阳。

　　"政府对谁都一样。"从不多说一句话的父亲，也感慨万端。

　　终于，正月十三日元宵节到来的前两天，母亲备齐了家乡的花生、红枣、手织土布，春风满面地搭车启程，说是要赶在十五团圆这天见到外婆。大哥正好也到了归队的日子，我们全家和几户要好的左邻右舍，一直将她俩送到镇上那间小小的汽车站。

　　麦苗儿已开始返青，一望无垠的原野绿意盎然，我们这群人的说笑声在春天气息渐渐浓烈的无际的旷野，径直传向了远方……

　　麦苗儿已开始返青，一望无垠的原野绿意盎然，我们这群人的说笑声在春天气息渐渐浓烈的无际的旷野，径直传向了远方……

老 物 件

那天，到杂物间去找一件什么东西，就看见两只用高粱秸扎成的箅子，静静挂在置物架上。当下我就愣在那里，面前的这两只秸箅既那样熟悉、亲切，又那么的陌生、疏远。让它俩处在不锈钢的、抛了光的、镀了金的、塑料的精致华美而琳琅满目的现代家居用品中，虽鹤立鸡群般显眼却是如此不协调。

这是两件崭新但散发着古旧气息的老物件。

退回书房我的心绪不平静起来。其实，尽管在广州这座现代、开放、繁华的大都市我已生活三十五个年头，各个方面饮食、气候、穿着、礼仪、风俗该是适应了的，可骨子里的北方农民本性，吃穿说用上的老土味就是难以消弭，时不时思绪就要回到乡间和童年。那时的生活情趣也常常会无缘无故地闯到梦乡里来。

我生活在幸福的都市而灵魂却还在努力地捕捉着故乡的影子。就像是我看到这两只箅子后所生发的惊讶，记忆由不住就回到了

数年前那次探乡之行。

这两只箅子还有尚未挂出的大小两只扫帚、两根擀面杖,是前些年我回家探望母亲时带回来的。那年回家在初冬,开了车,载着妻子和两只贵宾小狗兵豆、胖子。

老家,是与广州相隔着两千多里地的河南温县。

就在返回广州那天,去时空旷的车厢和后备厢里,装了两袋白面、一袋花生、红薯、南瓜、红白萝卜、小米、绿豆、铁棍山药及香油。母亲说,天冷,这些可吃的东西一时半会坏不了。

妻子和我都乐得合不拢嘴。她高兴的是婆婆家的这些土特产,到了广州分出大部分来送给亲朋好友,比起刻意到商场和菜市场买回来地再送人,其情分要重得多。我所乐意的是这又带回了已经存留在味觉记忆里的故乡味道。科学家曾经做过研究,人的禀性难移而口味则更加难改。这就是为什么人会水土不服,为何百年餐饮老店一直会那么红火。

"甭慌,还有这几样东西带上。"我已发动了车,母亲又急匆匆走出大门,手里拿着两只箅子、一大一小两把扫帚和一长一短两支擀面杖。

"好啊、好啊!"妻子高兴,我感觉她是因为新奇。她从小在上海长大,这些物什现在在城里很少见得到也很少用得到。

"好得很、好得很!"我忙从母亲手里接过。

我知道我是从心底里喜欢这几样东西的。此刻，车上所装，过上一段时日便会被消耗掉了，而它们尤其是那两根擀面杖，若用是可以用上几辈子人的。并且，对于我这样有着念旧情怀的人来说，带上它们回到广州，再看到它们便如同看到了故乡的草木春秋，回到了过往熟悉的故乡生活。它更会令我想起无以计数的故乡故事来。

现在，它便叫我想起当兵前家乡人仍在使用着的诸多老物件了。

这些老旧生活用品，一般用木、竹、苇草和秸秆做成。

木料，除却修房盖屋，做家具、农具，还能更多地做成家庭日用品，譬如用来计量粮食和面粉的升、斗，用于挑水的桶，盛饭的勺、碗，木筷子、木托盘。其厚重细腻温润的质感，使用起来既称手又不惧怕偶尔失手的摔砸。家乡人所使用的木质锅盖，它散发出的如木之馨，和着饭菜的香甜、炉膛里喷涌而出的烟火气，那最后入口的吃食，经其层层醇化，便是如此之新鲜、美味、可口。

而用竹子编或做出的物什就尤为繁多了，诸如竹床、竹椅，竹箱、竹篮、竹席、竹帘、竹箅、竹笊、竹筷子、竹扇子，目之所及十有二三。它们或编得精致，或做得古朴；或结构灵巧，或大气厚重，用之愈久，如涂了油般光亮鉴人。尤那竹批编就的竹

席子，每当盛夏来临，铺于床或张在地，用开水中捞出的湿毛巾擦过，躺上去丝丝地凉。一觉醒来，虽然大腿、肩背、胳膊，甚或脸颊，被它硌出道道红白印痕，但那睡时的香甜和舒坦还是久久地回味。

麦秸、高粱秸、苇草、柳条，也都是编制和扎制各式物什的原始材料。麦秸编草帽，苇草编垫片，柳条编筐，高粱秸扎箅子。如果用上了高粱头上的缨，则可以用来扎制大小扫帚。小扫帚洗锅、刷碗、扫床，大扫帚扫地、扫屋、扫墙。当然，这仅仅是它们用途的一种，实际上还可以做出许多不同的物件出来，例如苇草也能编草席、箅子，搓草绳；高粱秆子还能编出不错的凉席。

于是，每年到了冬天，当各种农活轻闲下来，短暂沉寂之后的乡村因了榨油、下粉条、做豆腐、打铁、熬糖等等小作坊的相继开张，再次变得喧嚣和火热。而冬阳灿烂的街头，络绎不绝地走来编织、扎制、木作手艺的各色匠人。他们或肩挑担子，或推或拉独轮车、架子车，以吆喝声、梆子声、摇铃声代替叫卖声，此起彼伏。一旦有乡亲抱着竹、木、秸秆、柳条、苇草走出家门，箍桶的、铣锭的、编筐的、扎扫帚和箅子的，或一字排开，或街头巷尾各自为摊，要么叮叮咣咣，要么飞针走线，要么铣车嗡嗡。每处摊子前无不站满边晒着太阳边看新奇的大人小孩，让寒风中不免萧然冷落的村庄，顿时热闹、温暖和活跃了起来。而在这一锤一剪、一锥一线、一刀一锯中，他们无不注入其独运的匠心、殷殷乡梓情怀和技艺至臻的求索。

自然，街坊邻居中亦不乏木作和扎编这些物件的多面手，他们也会趁着雨天或者刮风下雪的日子，自个儿躲在家里动起手来。我家里的大小扫帚，高粱秸箅子、针线筐就是母亲和姐姐闲暇时自己动手所做，而父亲则是编织苇席的高手。

在我十九岁当兵之前，家中所用的大多物件都是这些原生态竹木秸苇纯手工做出。制作这些老物件材质单纯、工具简单，刀锯剪锥锤锉，线钉卯榫凿胶，外加必要的火烤、水浸，以使其易于弯曲。那时的乡亲们并不知晓使用这些老物什会牵连上环保，但由古人传下来的老手艺所制作，着实让他们少花了不少的钱，便宜而且结实耐用，在心里面他们是清楚的。

现在，即便在普通的乡村，其锅碗瓢勺盆也越来越多地用上了不锈钢，玻璃杯、盘，塑料餐盒、筷子，涂满了甲醛的夹板家具。它们光亮、华丽、气派，亦不失结实耐用，但我总是觉得其身上缺少了些什么，与居家过日子的生活气氛、烟雾笼罩的烟火气息、氤氲飘逸的饭菜气味，是如此之不相称、不谐调、不般配。原先，那些粗粝的陶碗、杯盘，那些糙手的木勺、竹筷，那些散发着桐油味儿的纸伞、斗笠，那些躺下去舒适、坐上去舒服的竹席子、

木椅子等等老物件，每一件里无不隐藏着极为珍贵的民族历史和连绵不绝的传统文化。这，也许正是那些个机制、精钢、塑料，现代生活物品里所缺乏的吧。

如此，我是否可以在这说上一句，老物件勿相忘呢？

再 现 炊 烟

终于,我再次看到了故乡村庄上空,那一团团一缕缕袅袅升腾,似闲云飘忽的炊烟了!

冬日的清晨,村庄外的乡间小道上,覆盖着一指多厚的白雪。寒风吹来撩起我额前散落的头发,纷纷乱乱,宛如此刻我近乡情怯的心境。我就这样一直站在迷迷离离的雪野中,痴痴张望着于晨光中幻化无穷的炊烟。它们有的靛青、有的练白、有的轻含隐约的黄;有的像一根根烟柱,悬停在屋顶,联结天地;有的似一朵荡来的云,轻纱般缓缓飘动;有的大概受到北风的吹袭,刚刚吐出烟囱,便迅即随风而远去、消散。

这胜过云腾雾绕的炊烟四起的奇妙景象,更能搅动我这游子归乡历经奔波颠沛方始得安稳的心绪。我这是答应了兄长,回家来过数日之后就要到来的春节的。

自然,春节前的村庄上空的炊烟要较平日浓烈和持久许多,但在数年之前这样的情景还很是鲜见。那会儿,村上成长起来的一拨拨年轻人,眼见招不了工、当不了兵、上不了学,便像后来所兴起的出国热,争先恐后进城打工。不过三五年,他们又在那里娶妻生子,留守家中的老人们也被召唤了去操持家务。一时间人去村空,农田虽然不致荒芜,但缺少了人气,那曾经的炊烟缕缕,鸡飞狗叫的日子已经远远遁去,原有的活力和生机荡然无存。这几年,人们喊响了建设新农村的口号,诸多惠民政策落地生根,回乡创业渐成风尚。于是,当远遁而去的一切强势回归,沉寂了数十年的村庄生机焕发,并且越发的盎然。

自然,这久违了的炊烟,不仅会令我激动不已,所牵引出的思绪,亦会让我反刍出昔日生活的或苦涩或香醇。

我对于炊烟的记忆,起初是伴随着饥饿而生发的。那是上世纪六十年代前期,三年自然灾害如影随形,我尚未长到上学年龄,就要被父母"赶"到村南河湾或者土岗上去,挖野菜、拾柴火。这样的饥饿季节一般在初春,青黄不接。我常常会约上几位小伙伴,胳膊上挎着只破烂不堪的竹篮,顶着料峭的倒春寒,在水枯地干的河湾里寻觅刚刚破土而出的茴茴菜。

日暮黄昏,我们眼巴巴地盯着青绿初现的河岸、滩坡,已经整整一个下午,而竹篮子里能够下锅做饭的野菜仍寥寥可数。我们一次次跑上河堤,忍着饥肠辘辘,急切地向着村庄上空不时地张望,以期望能够看到那似乎可以用来填饱肚子的炊烟,升起来、升起来!然而,淡淡夜色几乎笼罩了整个村庄,它的上空却依然一片沉寂,只有一条暮霭在那里缠绕,营造出一派令人惊悚和不安的森然之气……

我们每天寄希望于看见的炊烟,恰似望断秋水。这样苦涩的日子,一直持续到我上小学。有那么一天,课堂上语文老师叫用"炊烟"一词造句,教室里数十双小眼睛相互张望了许久,却就是没有哪个站起身来。同学们不像是熟视无睹,包括我在内对于村庄上空那原本一日三回的炊烟缭绕、饭香飘逸的记忆,或许早已淡漠和遗忘了去。

炊烟,这时只是常常伴随在充满焦虑和期盼的梦境里。

童年,也就是面对这样的饥饿,在挣扎与隐忍中艰难地度过。

炊烟开始浓密起来的时候是在我上初中之后,到了上世纪七十年代中期。初中设在邻村,早读、正课、晚自习,每天来来回回四趟,而能够看到炊烟升腾景象的大多在下午放学回家的路上。此刻,太阳徐徐而落,西边天际的云彩仿若被点燃了一般,通红金灿,浪卷波涌,壮阔且庄严。炊烟就是在这个时刻骤然间喷涌而出的,家家户户仿佛早有约定,百十户人家的村庄,就有百十股的炊烟,你争我抢,万马奔腾般飘向暮初时分的天空。它们时聚时分,时舒时卷,恣肆汪洋;它还会像泼出去的一瓢浓墨,在天幕上渐渐晕染开来，为那横陈天际的云带镶上一道淡蓝色的边。我和伙伴们的心开始激动起来，虽然奔波在放学回家的路上，不免饥饿感频袭。然而，一旦看见村庄上空那百端变幻的炊烟，饥饿的感觉瞬间便被驱赶了去，心里开始想象着晚饭的样式和它的色香味了……

显然，一股股看似不甚起眼的炊烟，在那个生活困顿且动荡不已的年代，就是一支敏感的晴雨表。人们过活得是否安稳或者称心，每日在乡亲们生火做饭的时候，抬头看看村庄上空湛蓝的天，心里便已有了数。而对于我来说，故乡村庄上空那如缕似练的炊烟，之所以有着如此深切的感怀，是因为在我当兵离开家乡的那个早晨，它在原本就霞光绚烂的天空上，飘忽幻化而成的绮丽景致，不仅成为我别离故土的见证，而且作为故乡的印记，深深烙在了我生命的册页上。

我去当兵的那天早上，也是夜间刚落下了场映天雪，村里村外，天上地上，皆扎眼的白。父亲推着自行车送我，后支架上捆了我新学会打的背包。我们父子出村向北，踏雪前去公社报到。就在走出村口来到村外雪野的时候，我下意识地回头向着身后的村庄张望，深情地打量我曾经于此生活过十八年的地方。

此时的村庄像披上了件雪的衣裳，屋脊覆雪，榆、杨、椿诸树亦挂满了雪，洁净得令人不忍心哪怕戳上一手指。我甚至不敢相信眼前这温馨的一切，都是以往我再熟悉不过的。我正惊奇于故乡此刻的宁静和纯美，公鸡的一声长鸣穿越沉寂，远远传来，清脆、高亢、嘹亮，便立刻叫醒了尚在熟睡中的村庄。有几股炊烟应声腾起，或疾或徐，或靛蓝或乳白，袅袅如风牵雾扯，与霞色隐约的天际遥相呼应，画轴般铺展开来……

  我的眼睛竟有些濡湿了。十八岁之前，尤其十五六岁之后，我曾不止一次地想着离开故土，去考大学、当兵、招工、经商，千方百计，欲外出闯荡和打拼一片属于自己的天地。现在，当这其中之一变为现实而我就要离开她的时候，又分明地感觉到她竟是如此之奇美和可爱。那曾经所经历过的不平凡岁月，苦难也好，欢乐也罢，从此，将一概化作了我对于她的思念与牵挂、感恩与回报！

  故土难离，到了这会儿我方品咂出其中之滋味。它是因了脚下这块土地所给予我的令我终生都不可能被忘却和割舍，一如眼前这遮天蔽地、雾漫云涌般的炊烟。它所晕染而成的壮美图景深深感动着我，早已成全了我为她而魂牵梦绕的情怀。

  但愿有朝一日，眼前这炊烟再现的景况再次远远遁去的时候，正适逢着一座科技新农村的诞生。

谁家花开香满街

趁着人们酣睡,雪便抖着劲儿地下。清晨推开门,屋外的世界果然变了个模样,甚至连屋门门鼻子的拉环也裹上了雪,像雕刻出来似的。这时,太阳却不声不响地露了面,隔着层薄云,发出散淡羞怯的晕光。它映照于雪,天似乎就增添了些许的暖意。

我裹紧大衣,来到空旷的大街上,迎着迷离的阳光,向村东走去。那里有一座苹果树和梨树兼种的果园,三十余亩,其间夹杂着数棵红梅。踏雪寻梅,是我每次从广州回家过年,所要经历的一件颇含意趣的事情。

天冷,街坊邻居大都还赖在床上,被雪覆盖的村庄一派寂静。我脚下传出的咯吱咯吱的踏雪声,就更是显得清脆和悦耳。整日沉浸在都市的喧嚣中,我很受用这种白雪裹村的纯洁和静穆,中意脚下所踩出的或深或浅的脚窝窝,仿佛这就是人生的境界和足迹了……

昨晚，雪大得像仲春时杨柳絮飘落，罩地笼天，深到了脚脖子。我走得慢而吃力，就想起了那个口口相传的老说法：大概两百多年前，村里一位归隐乡贤，从为官边地带回花苗和花籽儿，在自家后花园尝试种植，结果如愿以偿，苗儿复青籽儿破土，蔚然成园。之后，他又将我们当地花树，例如小桃花，遵着季节和花期，相继移植到他本已种类繁多的花园里，使得他的花园成了名副其实的百花园。花园的名气越传越远，尤其到了仲春，十里八村的乡亲们也有专门前来赏花游春的，竟成一时之风尚……

故乡的这片土地大概是适合种养花花草草的，地处豫北平原西部边缘，不仅平坦如砥，而且四季分明。旱可浇涝可疏的蟒河、猪龙河沿界而过，种花养草同一年两季种小麦和玉米一样，完全不受雨水旱涝的影响。如此，乡亲们就仿效着那位乡贤，跟着栽种。渐渐，种花、养花、赏花就沿袭而成一种风尚，家家户户盖房垒院，必在主房后留下两三分土地，居中种上一棵柳，掏出一口井，柳树下摆上一扇磨盘或者碾盘，四边围以青石条凳，随着季节该插的插、该种的种、该播的播。不过二三年，也被种成一座百花园了。

那个时候，一年四季，无论你何时进到村子里来，不经意间，或一枝梨花伸过墙头，忽地横在了你的眼前，令你猝不及防；或一股槐花的馨香，倏地随风而至，扑面袭来，令你由不住驻足深吸上几口；或一只虎斑彩蝶突然从你眼前闪过，轻纱似的翅膀扇

一年四季，无论你何时进到村子里来，不经意间，或一枝梨花伸过墙头，忽地横在了你的眼前，令你猝不及防；或一股槐花的馨香，倏地随风而至，扑面袭来，令你由不住驻足深吸上几口。

动了几下,停落在了谁家花园的小桃花上,一动不动,惊奇着你扒着墙头呆呆地看;或一群蜜蜂,即便在深秋,也会浩浩荡荡地从远处飞来,围着金灿灿的秋菊花蕊,尽情地吮吸……

如此,年复一年,行走在街头巷尾,恒之以久,赏花便成为一种农人的雅兴了!谁家花开香满街,也成了我们这座村子盛世当前的最好印证!婀娜的花姿和它或浓或淡的清香,令劳作了一整天的乡亲们的疲惫和艰辛,转眼便荡然无存。即便在此刻的隆冬,雪光刺目,亦仍有红梅一饱眼福!他们每个夜晚的梦,也因此变得绵长和香甜。

不过说来遗憾,我们家并没有花园。大概祖上福荫泽及了后辈,人丁兴旺,所有的院落空地都被盖上了房。我们这座院子前后两进,前院住着堂叔,后院住着堂伯,我家则住在前后墙均开着门的过厅里,而这并不妨碍父亲对于花事的喜爱。在前院靠近西厢房墙根下,他还是种了玫瑰、怀菊、幼松,一年下来,也有几个月可以看到花的盛开和幼松的青翠。没有后花园并不影响姐姐对种花的热爱,她和邻居众姐妹向往鲜花的情趣反而愈发地浓烈和钟情了。

我大概还记得在每年五月端午节之前,姐姐便和她的那些姐妹们忙活了起来,走家串户,采撷各种各样的花朵晒干,然后缝制成各色各式的香包。香包是专为驱除蚊虫百害而缝制。在我们家乡过了惊蛰，百虫包括蛇、蜈蚣会迅速从冬眠中苏醒过来。到了五月，它们则越发地活跃，常常袭击贪玩的孩童，造成伤害或导致生病。千百年祖上传下的妙方之一，便是寻找能散发出各种气味的花草，做成香包，佩戴于身。这些气味对于那些百虫来说或刺鼻难忍闻而逃之，或直接致死。

但可惜的是乡亲们这样的种花、养花、赏花、用花，延续到那场史无前例的"运动"来临，除却桃、梨、杏、苹果这些开了花还会结果的果树之外，一般花花草草大都在一夜之间消失殆尽了！原本色彩斑斓的村庄，原本气味芬芳的村庄，原本蜂飞蝶舞的村庄，像一幅绚丽的花鸟画被泼上了残水剩墨，污渍横流而丑陋不堪……

一向喜爱花事的父亲，一时犹如掉了魂儿。过往，劳作之余侍弄花草所带给他的那种愉悦和疲惫的解脱，亦一同逝去。生活里曾经有过的烦恼和无趣重又泛起，折磨着他平和而又直率的性情，但相对于姐姐和她的姐妹们来说，或许这些还算不上什么。在我们这座相对偏僻贫穷而又落后的乡村，女孩子的讲究和情趣原本就不多。现在，种花养花被叫作"封资修"而惨遭斩草除根，她们所钟情的端午节缝香包和中秋节染红指甲，不得不被割舍。那种内心深处的无奈和失落，也许只能从她们默然的叹息和悄然的泪流中体会得到。

尤其，是染红指甲这件事。

中秋前后，是家乡百花盛开最为繁密和水果成熟最为多种的时候，一种被称作小桃花的花朵应节而开。它从花朵到树身、枝条完全是桃树的缩小版，只一尺来高，但其花朵却全然不似桃花。姐姐和她的姐妹们大概也是听信了传说，小桃花可以用来染红指甲。于是，中秋节的前一天晚上，她会和众姐妹来到对门章奶家的后花园，借着清澄的月光从小桃花枝儿上，小心翼翼地摘下一包红红的花瓣。回到家倒入清水盆中撩水轻洗，捞起稍许晾干，放入石臼，用捣蒜锤将其捣成糊状，拇、食、中三指从中撮出那么一小撮来，覆盖于指甲上，再裹以豆叶并用丝线扎紧，便可安然入睡了。

虽然与八月十五差一天，八月十四夜晚的月亮同样清辉荡漾，其圣洁和清纯甚至令人不敢正眼眺望。这个夜晚姐姐睡得很是香甜。尽管平时她的睡姿用母亲的话说不够老实，频频翻身、蹬脚伸腿，但包了指甲的这个夜晚，她的睡姿却是挺直的，一动不动，生怕于睡梦中碰掉了包裹指甲的豆叶，前功尽弃。第二天醒来，当姐姐轻轻解开那二十根被绑着的指头，所有的指甲盖便浸染上了小桃花的汁液，殷红如涂，俏而不妖，娇而不冶。

"真好看！"这天晚上大凡包了指甲的姐妹们，一大早便会跑到我们家来，先是伸出双手，再是伸出双脚，看看谁染得更红、更艳。

这一刻,她们会笑出声,笑出泪,笑到女孩子们所特有的矜持都难以克制住。这是一年里乡村女孩唯一一次可以用心来装扮自己,借以展现如此珍贵的青春和美丽!

父亲于失望中寄托着渴望!姐姐和她的姐妹们于失望中寄托着渴望!整个村庄的乡亲们也都于失望中寄托着渴望!

1979年年底,正值隆冬,我要参军了。离开村子的那一天,我特意来到村东的这座果园,想去看看那几棵幸存下来的蜡梅。这座属于一个生产小队的果园,紧挨学校西侧门。我上学时有时会从那儿经过,知道它还套种着各式各样的花草,"运动"中虽也曾遭清理,不知何故,几棵梅树却是侥幸留了下来。

数年之后,无论我当兵到西安、石家庄、广州或者桂林、南宁,父亲每次来信都会捎带着说说,村里家家户户重新种花、养花、赏花的逸闻趣事。谁家花开满街香的盛景,终是得以再现!而我,每回探家少不了要到村东头的这座果园里去转悠,探视那几棵仍然茂盛地生长着的梅花树。而且在每回前去的路上,我都会想:失望、希望、渴望,随着世事转换往往共生共存,此消彼长,不会永久拥有,更难以永远失去!

绿 色 时 光

  宅在家里，期待着"新冠"疫情拐点，然而，确诊和病亡病例仍居高不下，这样的期望看来还得期待些时日。大人们还好办，能借此做很多事情，可怜的是孩童，幼儿园入不得、学校去不得。包括大学在内虽是开通网上教学，但待在家里的其他时间呢？网络和手机上再好的游戏也有玩腻了的时候，何况年轻父母们也是绝对不会听之任之的。这就让我想起自己的童年少年时光。大家都说现在的孩子生长在"蜜罐"里，而依我看除却吃喝、穿戴、花钱，他们童年中的天性大多被束缚，仅就玩而言，倒觉得我们那一代人在上世纪六十年代中期至七十年代中期的童年少年，才真的是生活在"蜜罐"里。

  我以为那是一段绿色的时光。

一

　　你看，今年城里这元宵节，大街上除却楼顶和店铺门额上的霓虹灯在冷风中闪烁，既无灯笼又听不见任何的说话和欢笑声，清冷寂静得令人心生恐惧。若在往年，父母、爷爷或奶奶，一定会给子孙小辈们买几只内里装了小灯泡的灯笼，吃罢汤圆，就举着来到楼前、街上玩耍，蹦蹦跳跳，叽叽喳喳，或口吟唐诗，显出幸福快乐的样子。现在，封城、封关、封村、封路、封门，大街小巷人影稀疏，关门闭户，一派肃杀，哪儿买去？哪儿又有得卖？但若在我们小时候那会儿就不会是这个样子了，即便封村、封路、封门。

　　那时，离正月十五还有两三天，小伙伴们便被我召到家里来，有的带来细长的柳枝、竹条，有的掂着只青皮萝卜，有的装了两口袋的小米糠（即便这时"三封"，大凡农家都不会短缺这些材料）。我则搬出高脚板凳，拎了菜刀到抱厦下，一起开始做"压压灯"。做它一点儿也不麻烦。先把萝卜切成四或五截，在每截粗的这端用小刀旋出一指来深的凹坑，倒入米糠；再将一团棉花搓成细条，剪寸把长插入其中，权作灯芯；我从灶头拿过豆油瓶，顺灯芯倒在米糠里，使之完全渗满；待灯芯和米糠被豆油全部浸润，点着它，一缕细黑油烟冒起的同时，一粒褐黄色的火苗儿倏地跳出，一只

"压压灯"灯头就算做成了。最后,把一头削尖了的柳枝或者竹条,插进灯头,挑它起来,那灯头便上下跳动,逆着风忽明忽暗,划下一道黄白相间亮泽习习的弧线。

父母站在一旁兴致勃勃地看着我们,即便我不小心倒洒了油,他们也不会责怪,反而会提醒和点拨,那份好奇宛似回到了他们的从前。而其实,我们这小小的本事大多也是他们教会的。

正月十五、十六如约而至。这两晚若是只下雪未起风,我们每人会手持一只,于雪花纷飞中,聚在街头,上下抖动"压压灯",大呼小叫,追逐嬉戏,任凭天性恣肆挥洒。飘落下来的雪,这时则变成幕布和背景,加之整条街上其他呼拥而来的同伴,数十粒点点灯火,映光于雪,抖动跳跃,忽左忽右,忽上忽下,营造出幽雪落光华、火闪雪尤明的奇幻景象。若没风没雪唯朗月当空,这时的"压压灯"则犹如夏夜中的萤火虫,飞舞旋停,飘忽幻化,远远看去,仿若谁抓了把天上的星星下来,抛掷于暗光笼罩的村落中……

那一年,这两晚恰恰风雪交加,怎么办呢?我们五六个伙伴就聚拢在我家的大门洞里,围成圈,将五六只"压压灯"举过头顶,拼成圆环,静静地看着它们燃烧。五六柱如线般粗细的轻烟,楚楚直上;五六颗荧荧火苗微微颤动,幽光憧憧。偶尔,听着它们所发出的清脆低吟的"啪啪"灯爆声,天籁般地悦耳,心里同样美滋滋、乐滋滋。

童年和少年，乡村生活是如此之困顿，上下老小，无不为果腹而千方百计，然而，贫寒并没能夺走我们玩的天性。玩具，没得卖，买又买不起。所幸的是长辈和村中匠人，口口相授，像传教唱戏、说书、武术、杂耍、打铁、制陶、炊事、建房、种庄稼一样，将他们拿手手艺木制大刀、长短枪、屄扭（陀螺）、弹弓、楔角、球拍、万花筒、蝈蝈笼、鸟笼、柳笛、甩炮，不胜枚举，一一传授。无论季节，不同场地，风雨雪、白昼夜，春夏秋冬，随时随地，只要想玩伸手便来。用当下的话说，益智、绿色、环保，趣味盎然。

二

故乡四季分明，我们的心性亦往往随之而变，因地因时制宜，不断翻新花样，玩出真正的在我们看来的情趣。春天里，我和伙伴们尤为爱玩的是制作柳笛。

节气歌里说：五九六九，沿河看柳。这个时候天虽然不免仍寒冷着，倒春寒频袭，但毕竟大地渐渐回了春，地气由冷趋暖，柳树就要发芽了。村南的猪龙河堤上正种着两行柳树，靠南端那截。它们大概栽得有些年头了，多一人抱粗，树干就有一丈来高。柳树发芽前，柳枝是先要变青的，正是折之制作柳笛的最恰当的时候。

一般是下午放了学，我们这五六位伙伴，趁着割草当柴火的契机，拿了镰刀、麻绳，或者柳条筐，一溜烟跑到长堤上，挑一棵相对矮些的，攀上它，砍些枝条下来。那会儿，五六人中就我身瘦个矮，却因了折枝制笛是我的主意，就得先蹲在树下，让身瘦但个高胳膊长的三星站到我双肩上，顶他起来，搭成人梯，轻轻松松爬上树去。三星会选几支小拇指般粗的柳条，用镰刀钩着砍将下来。我们再截适中之一截，左右手拇、食、中指相对紧捏，使劲顺、逆时针那么一扭，枝皮便被完整扭脱，抽出枝骨，扭下的皮囊变成空壳。接下来小心翼翼地用镰刀把其一端表皮轻轻削去，剩下薄如蝉翼的内皮，含于嘴，门牙轻咬，使之上下合起，但须恰到好处地留出缝隙。柳笛做成，我们一个个鼓起腮帮，用尽丹田之力吹出气来。

太阳已然落山，不甚灿烂的晚霞依附在遥远的天际线上。笛声正是在这个时候被我们吹了出来，清脆而响亮，有着唢呐的音色，可以吹出竹笛的悠长。堤下平静的猪龙河，冰凌刚才消融，静静地流，晚霞和余晖投映其上，那河槽里流淌的则如金汁一般。四野空旷，春风微微，已经可以闻到淡淡的泥土的馨香。我们口含柳笛，边在堤坡上割枯黄的草，边吹出不成曲调的笛声。笛声有高有低、有长有短、有亮有涩，不能说吹出的就是我们的心声，但就是觉得悦耳中听，让我们彻底忘记了饿着的肚子、晚上的作业，

甚至蒺藜刺破的手指……夏秋两季，因了昼长夜短，而且有种有长、有收有藏，留给我们玩的时间就尤其的多，样式花样百出。若说最好玩的，依然离不开猪龙河和村北那片三十多亩地的果树园子。

夏日天气多变，顺着柳堤迤逦南去的猪龙河，时而清流荡漾，时而浑浊汹涌，时而细流成涧，但它无拘处于何种状况，这里都将成为我们夏天童年伙伴释放天性的地方，中午、晚上，甚至雨天。我们或跟随劳作而归的大人们，包括不在同一河段洗澡的女人们，让水流洗去一天的疲惫；或者不约而同，成群结队，趁着午休跑到河湾里来，脱得精光，跃入河中，打水仗、捉水下迷藏、比赛狗刨式凫水，尽着兴，筋疲力尽方才罢休。好几回，我们竟忘记了时间，回到学校，课都上了好一会儿，被老师挡在教室门外，顶着毒辣辣的太阳罚站。不过，同学们会相互保密，并不向家长打小报告；老师会严厉训斥上几句，却也不作过多追究。我们还会一如既往，只是倍加小心别呛了水、迟到就是了。

有的时候，我们就头顶用水浸湿了的手帕、荷叶，到河堤草丛或黄豆、绿豆地，去捉天越热叫得越欢的蝈蝈；高举摇摇晃晃的竹竿，用马尾做成的圈套去捕蝉；夜晚，会循着蛐蛐的鸣声，手提马灯，到藏于院角的砖瓦堆前，翻天覆地，寻觅善于跳跃的蛐蛐。

在乡间，夏末秋初的分界不甚明显，我们也是怎么好玩怎么来，直到有一天树上的苹果由绿变红，有的甚至熟透落地，方感觉到爽凉的秋就要来了。街头卖杏、梨、桃、李子、苹果、核桃的商贩多起来，自晨至晚，叫卖声此起彼伏。村北一队和七队连在一起的苹果园，队里撤走了看园人，清静下来。放了学的我们则乘机而入，将其变作寻找那些遗留树上的苹果的乐园，名曰捡便宜、拾漏。像在河水里嬉戏那样，我们会看谁动作快，爬上的苹果树多；看谁眼尖运气好，找到的苹果多。日头好像并不急着落山，苹果树轻轻摇晃，是初秋的风吹了来。我们似乎玩够了，围在一起，剪刀锤子布，不分你我，谁赢，就专挑个头大的苹果来吃。

秋季天长农活多，收打藏、家里地里，大人们累，我们得帮衬着。即便有零星时间，召不齐人，提不起心性，勉强凑合，玩就索然无味了。所以，我们都在心里面等待着冬。

冬，白天短夜间长，而且极冷，正中我们下怀，可以用来玩耗时很长的捉迷藏。晚饭后，做完作业也不到七点钟，我们六位"老"伙伴，齐聚我家大门对面那根高高的电线杆下，又是剪刀锤子布，三人成一组。电线杆被用作了道具——老桩。这个玩项的规则是，一组三人，其中一人守桩，其他二人前去捉拿不知藏匿于何处的另一组三人。若这三人中两人被捉，则守桩的赢；若有两人扑桩成功，则守桩的输；继续该守的守、该藏的藏。反之，守变为藏、藏变为守。

如此玩法，用时可长可短。如果前去藏身的那一组，窝在谁家的麦秸垛或者玉米秸垛里，避风暖身概不外露，就很难找得到了。有一回，国圆、国斌、春仁他仨，跑到章奶家后院，把玉米秸垛掏了个洞，钻进后又挡住洞口，在里面睡觉，我和三星找了两顿饭工夫，也没能捉住他仨。索性，我们仨也不找了，围着老桩玩起老鹰抓小鸡。当然，他们仨这样做的风险是一旦被我们发现，那就一锅端了。

后来，我们干脆规定了时间，国斌把他家那座指针带荧光的钟拿了来，搁在猪圈墙头，若前去藏身的那组，一个小时内不来扑桩，便算是输了。

三

七岁多时我同三星、国圆一起上小学，国斌他们晚我仨一年。

学校在村东，原是座拆了主殿的庙。之前我曾进去过，印象深的一是挂在槐树上的铁钟，一是西南角那座二层木搭戏台。这会儿上学既轻松又宽松，父母并不怎么关注我们的学业。虽然老师教得认真、要求严，但新来的"运动"正在反"学而优则仕"之类，是故，对学生成绩不统考、不排名，强调"学以致用"开了不少的学工、学农课。如此，反倒是老师从容地教、学生从容地学，考试成绩并不差。

而说到从容，则是我们在边学边玩。

从小学一年级到六年级，书包里一般只装语文、算术两种课本及相应作业本。体育、音乐、珠算、大字，有课上无课本。可能到五年级时增加了门"常识"，学业负担由此可见一斑。所以，书包里还会装上陀螺、乒乓球拍、跳绳、毽子、石子、弹弓、小皮球、弹珠诸玩具；有的，还肩挎铁环。有一段时间反美防苏，除个别同学大多加入了红小兵，肩扛一枝红缨枪，威风凛凛，体育课上练刺杀。

每星期六天，每天下午最后一节课叫"课外活动"，就是给玩的时间。下课钟响，整个校园顿时变成了游乐场，跳绳、老鹰抓小鸡、捡手绢、击鼓传花、推铁环、甩面包、拍皮球、踢毽子，抓石子和手抄绳则最受待见，三五成群，七八一伙，无组织但有纪律。笑声、埋怨声、叹息声、加油声，回荡在校园上空。虽然这会儿也有吃不饱、穿不暖、交不起学费、考试差的时候，我们却很少发愁。对于未来更不曾想过，无忧无虑、无心无肝，愿怎么玩就怎么玩，愿同谁玩就去找谁。甚至男女无别，个矮膀粗的国圆就常与班上女同学比试摔跤。闲下来的老师们，不管男或女、年纪大或小，也加入玩耍中来，跳绳、打乒乓球、踢毽子，做得

不好出洋相、出了错或者输了,认"打"认罚。教音乐的朝正老师,干脆坐在他的办公室门口,操起二胡拉《东方红》《我爱北京天安门》《天大地大》……他近视镜后的双眼,微微轻闭,不时踮起脚尖打节拍,悠然自得。他的二胡声为热火朝天的校园,无意间增添了或悠远,或激昂,或欢快的意境,更衬托出师生同乐,意气风发,盎然蓬勃的朝阳之气。

这一时段我喜欢上玩弹弓。同学们各自玩去,我们几位伙伴便各自拿了自制的弹弓,来到教室外一堵山墙下,相对偏僻的一处。我在山墙上画一碗口大的圈子,然后量出十步远,横画一道禁踩线。比赛开始,每人三粒石子,站在禁踩线外,对着墙上圆圈标靶,挥弓而射,石子射入圆圈为赢。每一轮若射成平手,就继续比赛,最终以射中次数最多的为胜。获胜并没什么奖励,只是寻开心而已。

大概该玩的都玩了,尽了兴,回到课堂,或是我们贪玩的天性得以满足,上课时反倒精力集中,也不觉得累,看不到交头接耳和无精打采,大家的学习成绩还真的不太差。

我的童年约有一半在小学度过,现在回想起来,这段处在贫困和混乱年岁的时光,却因了玩得满足、学得轻松,可以用"幸福"来作为人生的一段美好记忆了。

四

前面说到了校园西南角、篮球场旁的戏台子。它建于何时我们并不知晓，仅记得有六七成新。其实，它就是座两层三间头后面跨出半间的大房子，下面架空，一侧搭了用来上下的木梯子。看上去气派高耸的它，派上用场的时候并不多。春节前大概两个半月，村里开始排练社戏。大多是由八大样板戏京剧改变唱腔而成的豫剧，之前也曾演过《槐树庄》《三世仇》。

演戏，一般从大年初三开始，且多在晚上掌灯时分。是时，尽管彻骨寒冷，尤其雪后，却是挡不住人们看戏的脚步的。早早吃了晚饭，家家闭门锁户，肩扛长短板凳，说说笑笑朝学校里走。我们村周边尚有五座村邻近，他们听到消息，也都不惧风寒，接踵而来，篮球场被挤得水泄不通。

而我们这帮小伙伴，并不怎么关注台上的戏文，穿梭在戏场外围，留心起一档档小商小贩来。趁着看戏人多，过年或多或少每人手里都有些钱，做着小本生意的农家商贩，有的挑担子、有的推独轮车、有的拉平板车、有的骑自行车，在戏场外围成一圈。他们或用麦芽糖捏小公鸡、小猴子、小猪、小狗；或摆一溜用羊皮缝制而成的彩头小老虎，虎肚子里装有竹笛，像手风琴那样地一挤一押，便发出了响声；有的挂起一串串小鞭炮、甩炮；有的

在玻璃罐子里装满花花绿绿的糖块，不一而足，琳琅满目。他们的车子上绑着三尺高的木杆，上挂马灯。灯光隐隐约约，风来了，摇曳晃荡，迷离恍惚中透出微弱的动感。

我们好奇地围拢在捏麦芽糖小人儿的摊位前，看师傅那上下翻飞的手，捏、抻、拉、剪，灵巧多变的技法，不由入了迷。不多会儿，一支细竹竿上孙悟空三打白骨精、喜鹊登枝、螳螂捕蝉做成，栩栩如生，灵活灵现。这些都是可以吃的，然而，没有谁忍心。大多买了来，举在头顶，嗷嗷地叫，掩饰不住高兴劲儿，又仿佛是在炫耀。

"这东西中看不中用，走，买甩炮去。"三星口袋里的钱大概买不起，赌气说。

于是，我们来到卖小鞭小炮的摊子前，半晌，三星从口袋里摸索出皱皱巴巴一毛钱。

"甩炮！"他还憋着那口气，重着声说。

"好咧！"师傅并不计较，麻利地数出十粒。

甩炮的制作也简单。把大概一撮黄色炸药，同另一撮米粒大小的细石子混合，然后用书纸或旧报纸紧紧包成小团。玩时，抓起一粒，狠狠甩出，砸向石板或者砖地上，石子受到撞击剧烈摩擦，迸出火星儿点燃炸药。

我们风一样跑到校园中央那条甬路上，每人一粒使着劲儿地甩。晴冷的夜空倏地响起脆亮的炮声,随之远远地回荡,炸出了我们一腔的兴奋。巧的是,演社戏时如果演到枪战场面,后台会有专人甩甩炮,拟作枪声。社戏会一直演到初十,中间停几天,正月十五元宵节演最后一场,我们的玩兴到那天也才会止住。

难怪,童年少年里的年,直到现在我们还难以忘却。

与此类似的场景,亦会出现在"赶会"上。

赶会与赶集不同。我们村东去五里之远的招贤镇,天天早上有集,但"赶会"则有专门时间,而且赶集多在清早,赶会则整整一天。

赶会,就是赶庙会,古时赶庙会连带着烧香、祭拜先祖,是要选择所谓吉日的。此传统延续至今,只不过把场地设在了庙外大街上。招贤镇的"会"每三个月一次,分别在三、六、九、十二月的某一天。

有"会"的这天,就是民间生活的交流日,吃穿用、修缝补,猪娃、羊羔等牲畜或买或卖,应有尽有。我们孩童们所好奇的则是杂耍,魔术、耍猴、杂技、拳术、木偶、皮影、照相……挤在人堆里。看这些不用掏钱,眼花缭乱,引人入胜。有时,还由不得动脑子想这事儿,例如魔术,五分钱硬币怎么一眨眼就从玻璃杯外跑进了玻璃杯里?

我们那一代人的童年和少年,就物质生活而言,艰难困苦;

就时代而言,并不平静,动荡但不动乱;但就精神生活(玩,应该算是精神生活的一个方面吧)来讲,我以为是幸福的。所以,假如用一句话来形容,那便是"绿色时光"!

留 痕 在 心

我能够清晰地记得世事，大概是长到五岁的时候，也就是上世纪六十年代中期。那时，五十岁出头的春眠爷正当着村支书。此刻，我只知道他是村干部，不知他其实只是村党支的书记而已。因为村里还有焦爷在当着大队长，我们几个小伙伴在割草或者拾麦穗的时候就常常争吵，到底是村支书官大还是大队长官大？

春眠爷在村里出头露面的时候的确比大队长多。比如，敲锣打鼓招呼村民去迎接最新指示；到地里摘了红薯叶，放在大铁锅里拌入小麦麸煮，全村小学生一人一碗，边吃边听他讲旧社会吃不饱穿不暖、忆苦思甜的故事；召开村民活学活用毛主席著作积极分子讲用大会。还比如，成立村毛泽东思想文艺宣传小分队……这些，都是由春眠爷亲手张罗。

而春眠爷留给我的印象，则是他为人的正直与对后辈人的

爱护。那是我读小学入队当红小兵的一件事。我大概八岁时上小学，几乎在跨入校门的同时就成了少先队员，那时叫红小兵。别的同学拿到新书即领到一条红领巾，绕颈而结，佩戴胸前人顿时便神气起来，而我却没有。在那时戴红领巾，最让人看重的是它代表你"根正苗红"。我不免沮丧却又不明就里，刚刚因为上学而兴奋起来的心情，倏地沉重下来。三四天后，我突然又拿到了那条梦寐以求的红领巾。其中缘由则是之后在父亲那儿得知的：

"他爸不是参加过国民党军吗？让他当红小兵，合不合适？"有老师在准备给我发红领巾时，像想起了什么事，突然说。

"那就问问老支书吧。"校长似乎也感到难以决断。

"他爸那算啥问题？是为报日本鬼子杀父之仇，被国民党军骗去当兵的嘛。"春眠爷很有担当的样子，对校长说。

当年，我爷爷被黎明前入村扫荡的日本鬼子刺死，父亲为报仇跑到洛阳，寻找抗日队伍，却被正在招兵买马的国民党军官给骗了去。

事情就这么简单，但在那个特殊的年代，老师们有所顾忌是可以理解的。而由这件事，使我在心里生发出对春眠爷隐隐的敬重。

我曾好奇地问父亲："春眠爷为啥叫老支书？"

"他是老党员，又当了十几年的支书，当然该叫。"父亲说。不过，我想问的是"党员"到底指的是个啥。

尽管父亲没能说出我想要听的,心里也还是糊里糊涂,但对春眠爷我却是越来越用不同的眼光在看他了。而且,不断拿其他几位同他身份相当的乡亲,例如村供销社售货员、村妇女主任、民兵营长,与他做着比较。

这几位与春眠爷身份相当的乡亲,我相对熟悉的是在村供销社当售货员的周南爷。我们这时上小学,既上语文、算术主课,还要上画画、珠算、大字、唱歌、体育、劳动五六门副课,除了要用到铅笔、毛笔、蜡笔、橡皮,还要用到一分钱两张的考试稿纸、田字格纸、作业本、算盘,也就是说三天两头得往供销社跑。

供销社就在村北街十字路口以东,那个只有西厢房没有东厢房的半拉子四合院的大上房里,售货进货仅周南爷一个人。售货似乎还好说,尽管中午、晚上别人歇息的时候,正是他最忙,但那毕竟不是重体力活。让我们都感到他十分辛苦的是进货。

进货,要到北邻中心村西留石去,大概得走近四里路。如果是进煤油、酱油、醋、甜面酱和盐、锄头、锨、镢头、锅碗瓢勺,这些"汤汤水水"、死沉笨重的东西,他得拉架子车;如果是毛巾、火柴、肥皂、蚊香、竹筷、笔、本子、糖块,他骑自行车驮着就行了。但讨人厌的是雨雪天,春天雨势往往不大,但一下就没完

没了,一连数日,去到邻村的土路泥泞不堪;夏秋季雨少,可一旦下起来,瓢泼一般,路能变成河,同样寸步难行;冬季,常常是雪化成冰、冰化成水,冰、雪、水混作一摊,骑不成车的。因此,我们经常看到的情形是:骄阳下,周南爷身穿粗布短褂,头戴草帽,肩搭汗巾,躬背蹬腿,吃力地拉着架子车,艰难地行走在凹凸不平的乡村小道上;风雨中,他手撑一把破旧的油纸伞,左右肩各挎一只缝了又补的帆布袋子,脚上裹着秤砣样的泥坨坨,一步一滑,踟蹰独行……

"咱这供销社,从没缺过货!"

"周南他是党员哩,能干得很!"

街头巷尾,村人们大凡闲话到周南爷,每每都会这样说。

或是因了诸如春眠、周南爷他们这些有着所谓不同身份的人们,在如此平凡、守本分地各自操劳并言传身教地影响着其他乡亲,我们这座古老、偏僻、遥远、宁静且质朴的平原小村落,百姓们的生活就像从她旁边流过的猪龙河水,安然若泰,平平静静地过活着每一天。我的童年、少年也就在这如此和美清晏的氛围里,不知不觉受到熏染,快乐并无甚忧虑地度过。

我十六岁上高中,开始设有政治课,到了这会儿对春眠、周南爷、妇女主任、民兵营长这几位身份有别者,方有了浅淡但明晰的理解。而在我当兵前一天与春眠爷的那次不期而遇,那天情景和他并不多的几句话,到现在我还都记得,就像刻在了心上。

那是1979年的隆冬,我十九岁,在当兵启程入伍的前一天。清晨,父亲说咱再去赶个集,上车饺子下车面,今夜叫你妈给你包羊肉饺子。我和父亲对着初升的太阳,朝村东集镇招贤走去。刚出村,骑着自行车的春眠爷迎面驶来,他这是赶完集要回家了。

"听说你明儿个动身去部队?"他跳下车,见我已穿上了一身尚未佩戴帽徽和领章的新军装,满脸和气地问。

"是啊、是啊!"父亲倒抢先答道。

"那,爷这就有个交代。"

我忙点头。

"到了队伍上要听党话,干事要舍得力气,最好早些入党。要是你也有了这个身份,过几年复员回村,说不定还能加入咱村党支部里来。支部需要新人,这事很急哩!"春眠爷本来就大高个子,脸盘宽阔,凸起的眉骨上眼眉就像长出的一抹小草,又黑又浓又长,眼睛自然就大,且透出炯炯神气,给人以好不魁梧之感。这当儿,他背着金黄的阳光而站,身影被长长地投射在地上,越发地显得伟岸。

"说得是、说得是!"父亲又代我应诺。

"爷,我一定会的!"我低声说,但那口气却是坚定的。

我一直记着春眠爷的这几句话,至今都有四十二年了。只是,我入伍考军校、提干、入党后,并未解甲归田,回到孜孜以念的故乡,而是照着春眠爷的交代,在部队服役到 2015 年、五十五岁退休这一天。

世上再无唤妹声

六十岁的我,头发早几年已花白。妹妹五十六岁,却还浓黑着。

妹妹出生时我不满五岁,那是上世纪六十年代中期,我刚模模糊糊地记事。或是因了起始于六十年代初的"三年自然灾害"已然过去,人们顾得着了温饱,日子逐渐好过起来,父亲便为她取了寓意吉祥的名字"云霞"。当兵前,我在家一直唤她"小霞"。1979年年底我入伍后,我们日常唯一的交流方式是写信,于是每次信的开头称呼改成了"霞妹"。后来,尽管用上了电话、手机、微信,我这样叫她一直未变,延续到2020年12月6日她去世,整整四十年。

白发人送黑发人,是这世上最痛苦和最悲哀的事情!五十六年兄妹一场,之后,对于我来说,世上就再也没有唤妹声了!

我们五兄弟姊妹,排老四的我完全出于天然血缘亲情,打小就照顾和深爱着这唯一的妹妹。那时,生活在河南豫西北温县农村,大哥自幼跟随外公（我们叫爷爷）去了百十里外的杞县，二哥和姐姐上学，父母忙于种庄稼操持家务，照看妹妹自然就是我的事了。她三四岁之前穿着我穿过的衣服，吃着我送到嘴边的饭。八岁我上小学，星期天或者寒暑假，大凡在家，做着的第一件事就是"引"她——带着她玩耍，操持她穿衣、洗脸、吃饭、睡觉，甚而陪她上茅坑……

她小的时候喜欢安静，不多事，从未惹过父母生气："你们几个，就你妹乖。"记忆中，我和二哥、姐，也是不曾训斥过她什么的。

从十四岁起，我到邻村和公社所在地读初、高中，学校离家十三四里远，就只好住同学家或者住校了。前后四年不能与妹妹天天见面，那时她在本村上小学、初中，成绩都还不错。她尤偏好语文，很是像我。四五年间（我高中毕业又补习近一年），我们兄妹一块相处加起来也就不到半年时间，但兄妹之间的感情丝毫不减，反而更加浓郁。

与霞妹的交流再次频繁起来，是1982年我到石家庄读军校，而她则接了堂伯工作的班去了西安。

堂伯结婚早但离得快，不曾生儿育女。为着防老在霞妹大概三四岁时就立了字据过继给他。不过，当时他并未把霞妹带到他工作的西安，依然留她在父母身边读书，直到他退休。接班进城，对于妹妹来说是人生大事，不仅户口入城吃上那时叫人极为羡慕的商品粮，改变了所谓乡下人的身份，而且不用找不用考试就有了份安心且体面的工作，就是搁在当下也是很不容易的。当然，那会妹妹的诸多压力则更大。她在农村生活了十六七年，城市完全是一方新天地，方方面面如何去改变适应？就连最基本的居住都成问题。堂伯在偌大的西安城并无任何房产、资产，她只能暂且借住在远而不能再远的原是一个村的远房姑姑家里。

工作后的妹妹，性格变得柔中有韧，生活里的烦琐事被她很快捋顺。不久，学习和工作像春天的竹笋，悄然拱破地皮冒将出来。她一会儿写信，说要凭自学考取大专文凭，而她却是连高中也没上过的。可就在我并不经意的时候，文凭竟被她拿到了。过罢一阵她又写信："哥，我入党了！"惊愕之余，我发自内心地为她高兴：入党，在我们家我第一，二哥第二，她第三。

上世纪八十年代至九十年代，时代大潮澎湃而起，冲击并更新着人们，尤其是年轻人的种种观念，类似于"人生意义"的大讨论此起彼伏。我和妹妹置身其中，发挥着各自善于书写和表达的优势，在天各一方的西安与石家庄、广州、桂林、南宁，那些我所工作或求学的地方频繁书信，关心、激励、问候，经历着那个时代的激越人生，过活着那些意气风发的日子。

不知不觉，我们也都渐渐成熟。

妹妹结婚并有了孩子，之后我们书信往来少多了，但电话打

得愈来愈密。话语中虽是少不了居家过日子的闲言，倒还是依然关注彼此的内心。有一天，妹妹说她提干了，当上单位一个科的科长。她的这条消息让我对她更加刮目相看：一个来自乡间的普通女孩，数十年打拼，几乎凭借着一己之力，走上领导岗位，是颇为了不起的！尽管那个位置并不怎么显耀。

而这时，上过两次军校的我，也不过在某军校一个相当于团的位置上当着政委。

妹妹对于人生的不懈追求，由此能看到其中一二。

2015年我从部队退休，四年后妹妹退休。虽然我们依旧在广州和西安生活，毕竟电话、微信联系方便多了，天天像在一起一样，想说什么随时按几个号码或者轻点一下就成，嘘寒问暖、互寄特产、你叮我嘱，俨然回到了纯情又圣洁的孩童时代。而妹妹更是比我情感细腻，几乎每天早上都用微信发来一张上面写着"早上好"并配有音乐或歌曲的照片来。往往是这变幻着优美画面和温暖祝愿的音曲，把我带进新的大多时间都在伏案写作的每一天……

妹妹是在同残酷无情的病魔进行了一番生死相搏之后，才离开我们这三个哥哥、一个姐姐的。她最小却走得最早！

这些天来，我几乎时刻都在回忆和体悟着妹妹生前的点点滴滴。我想，她这一生虽是短暂，平淡却不平凡，留下了一串深浅不一但清晰而坚实的脚印。对于人生，这已足够！

有人说，爱是一个人离开这个世界时，唯一能够带走的东西。这点我不愿苟同。妹妹离开我的这些日子，她对我的爱还一直包裹着、温暖着我。而且我相信，在今后的日子里，这些爱和温暖在我身上也不会消失！

令我倍加痛心的是，她带走了这辈子我呼唤她"霞妹"的机会！

回望故乡

　　说来汗颜，在三十岁之前，我对于故乡的概念曾经是那么的模糊，甚至根本没有仔细去想过她。一则，因了这期间近二十年所生活的范围大概也就方圆十二三里，文化和收悉的信息闭塞得很；二则，上世纪六十年代中期到七十年代末，社会、生活，上下左右乱着呢，上学都上不好，尚不具备"拷问"故乡的环境和应有的个人素养；三则，二十岁入伍直到在部队退休，考军校、忙工作，铁打的营盘流水的兵，张罗着忙前途，的确也缺少这样的心思。年过而立之后，尝试着写些东西时，方泉水般汩汩冒出，于是真切地自我叩问：故乡是谁？故乡在哪里？你真的认识故乡吗？似乎一半清醒一半茫然。即便来到四十、五十岁的人生门槛，再追问一句：你懂得故乡吗？就又不知该怎么回答了。甚为遗憾，在故乡的土地上生活数十载抑或一辈子，假如连这些问题都回答不清楚，那是不可原谅的有愧于故乡了！

年到花甲，有了更多的时间静思；梦里、话里也更多了些关于故乡的情愫。这个时候，对故乡来一次深情回望、邂逅，不敢说就能圆满回答上述诸问，但最起码对自己所钟情的那块古老的土地，对过去已一大半的人生，有了安慰心绪的交代。

老画家黄永玉说，故乡就是那个曾经睡过的热被窝，离开得久了就想再睡回去，闻闻那暖烘烘被窝里的味道。真可谓形象生动。

故乡，远远不只是一个地域概念，我迫切地想知道她有着怎样丰盈而又深广的内涵。

一

依我看来，出了县城，故乡便是你所生长的那座村庄、乡镇；出了省界，故乡便是你所生长的那个县市。我现在生活于远离中原的南方，情感里的故乡，就是童年到青年所生活的那个黄河北岸的小县城了。

故乡，河南温县，豫北大平原西南角的那一隅，方圆近五百平方公里。

我在年少时，便常常听到村里老人们在闲话故乡了。他们从有关故乡那一带的村名、地名说起。我们村叫东城外，村西大概也就二里地不到的另外一个村叫西城外，按照老人们的讲法，这

　　年到花甲，有了更多的时间静思；梦里、话里也更多了些关于故乡的情愫。这个时候，对故乡来一次深情回望、邂逅，不敢说就能圆满回答上述诸问，但最起码对自己所钟情的那块古老的土地，对过去已一大半的人生，有了安慰心绪的交代。

两座村庄间稍微凸起的高地上,是应该有着一座古代城池的。可是,现在这块相对突兀的高地却是块旱涝都可保收的田地,看不到一丝古城的痕迹。我们村东相去一里地之遥的另一邻村,名曰护驾庄,简称护庄。从如此地名上推测,它也应该是一座古城的附属地。护驾亦即护卫,周围若是没有值得护卫的畿辅之地,就不大可能出现这个有意思的村名。

年长后我也偶尔想到老人们曾经聊过的这个话题:我从哪里来?十多年前,我得到一部《温县志》,翻它时偶尔看到如下记载:"夏始有'温',称'温国',中心在今上苑村北一带,筑有城。"上苑,是我村偏东南的邻村,相隔也就两里地;而它则在护庄村正南,相距也是两里。县志在补记中写道:"约公元前二十一世纪,此地立国,以境内有温泉(原址在今温县五里远村青风岭坡下)得名,称温国。"故乡,四千多年前已立了国、有了名、筑了城,不容置疑。

古人选择一国之都,是颇为讲究地理风水的。在此建国、筑都,从地理、形制、水流上也可看出。温域属西东流向的南黄河、北沁河相互冲积而成的平原,稍呈屋脊状,即中间高两边低。其中间隆起带的源头便在上苑北地,新中国成立前我们还将此处叫作摩天岭,可谓之龙头。龙头下便是由西北而来折向南去的古济水河,后来叫作猪龙河。隆起带起自摩天岭后,一直向东延伸,横贯整个县境，至县内改唤"青风岭"。说它是岭，其实也就高出南北水平面十米八米。古温国都雄踞于摩天岭上，西有猪龙河水可汲，南北有土地可耕；城池又高耸岭头，不惧旱涝。即便发生战事，攻可顺坡而下，守则居高临下，尽得地利之便。

  这座国都古城大概只有0.8平方公里，春秋时改置为县，历战国、秦、汉至魏。晋初，县治移至晋城（今招贤镇），古温城废圮。到今天，地面上早已找不到古城任何的痕迹，空有周围几处村庄的名称，或许还能印证它曾经的存在。回过头来，再说说东城外、西城外这两座村子。若以古人用"栖高邻水"的标准来选择居所之筑，我们两村之间应该会有一座规模不甚大的卫星城，依傍在国都附近。因为两村间的高地的正南方突然下陷成崖，前面提及的古济水河，亦正从其下流过，地形、地貌、水流像极了上苑村北的摩天岭。后来我查阅县志，我们这两座村子古时并不称东城外和西城外，而唤作东城宇和西城宇。宇，即古时所谓的房子。如此说来，我们这两座后来互为彼邻的村子，就是几座距离古都不远的房子而已。从温县文物、遗址分布示意图所标注的"古温城遗址"来看，我们这两座由几间房子发展而成的村子，果然就处于古城西北角东西两侧。

  三国魏景元三年间（公元260—263年），魏元帝封司马昭为晋王，昭在其故里（今招贤镇）以王都规模兴建城郭，并分内、外城。

其子司马炎统一三国，建立晋朝并称帝，便移温县治所于此。县志进一步写明，西晋秦始二年（公元266年），温县治由古温城迁至晋城。

招贤镇在今护庄之东，也就相距二里地，离我们村则不足五里。这也就是说，晋时的温县城距其诞生之地，亦不过向东迁移两三里而已。

隋大业十三年（公元617年），再移温县治所于李城（今温县城）。如此说明，在距今1403年前，温县城又从招贤镇东迁二十多里，并固化至今。至于在招贤镇待了三百五十一年的古城，为何再次东迁，从青风岭之首迁到青风岭中后段，县志未记缘由，我就更不可能说得清楚了。

费了如此多的笔墨，想从地理位置上讲明白故乡，无非欲表明一是故乡的这块土地的确够古老，以立国为开端，就有历史四千余年，生于斯、长于斯的我内心会涌出天然的优越之感；二是故乡历史悠远久长，其文化必是灿烂、物产必是丰富、景色必是壮美，这又会令从此处走出的人们，倍感生长在故乡的幸福；三是她让我更深刻地感悟到，即便生长在故乡，假若不去关注她、思考她、爱护她，恐怕连故乡在哪、故乡是谁这么简单的问题也回答不清楚的，就更别说故乡的前世今生了。

二

古有以地望冠名或以官职称谓为姓氏之俗。温县姓"温"前面已有交代,皆因域内五里远村南青风岭坡下有温泉流出而得。

关于这口泉,还挺有说道。

大概在明朝之初,就相传泉流常温,士忻浴德,民利灌溉。有人曾建亭于上,时游赏焉。而到了明万历之年,亭与泉俱废,不可识矣。

民间曾有种说法,叫山高水长。意思是山有多高,水便可跟着爬升到多高,然后成于泉而形于瀑。所以,古温泉所处于青风岭,便不足为奇。但后来它又是如何消失的呢?一种说法是,青风岭向南不远的黄河所挟带的泥沙淤积了它。另外一说是周围百姓常于此处游玩,泉水泱泱,外溢浸蚀,泥泞不堪,就把它给堵上了。这后面所讲大约是不可信的,因为稍加疏导,泉水便可南去自流入得了黄河。倒是前种说法似乎更有道理。黄河到温域境内,从黄土高原带来的泥沙,成年累世地淤积,早就抬高了河床,被谓之"天河"。几乎每年春夏,河水泛滥成灾。可以想见,当泥浆般的黄河水汹涌而至,翻腾到清风岭之下,它几乎可以荡平了一切。上世纪五十年代,温县文物部门曾实地勘察,找到了老旧泉眼。村民们又于此处打井,挖出不少瓦砾,当属古亭之残存。

古泉不复,但"温"之名却从未消失。

而且,此亦成为今世上"温"姓之起源地。

那一年,我到广州从化一温姓朋友家做客,他家庭堂高挂着幅他们温姓南迁的路线图,源头便是温县。站在这幅细密清晰的迁徙图前,我禁不住感叹:从温县到从化,大约得四千里的路程,温姓的先人们却就那么不辞劳苦,跨越千山万水,为了生计亦为了保全温氏家族。

颇为值得称道的是,他们从不曾忘记自己的根。十五六年前,遍布全国、世界各地的温姓后人,曾聚集于上苑村北古温城遗址,封坟立碑,祭祖拜宗。是时,黄帜飘舞,鞭炮齐鸣,古乐喧天,烛火夺目,轻烟升腾,庄严而又肃穆,其情其景,震撼人心。他们跋山涉水,不远万里,为寻根亦为感怀。

说到故乡是谁,不得不提到在中国历史上赫赫有名的另一望姓——司马氏。古温城由上苑北地清风岭之首,东迁五里至招贤,实则司马懿之子司马昭所为之。

招贤,那是司马懿的老家。

司马懿出生在公元179年,病逝于公元251年,活了七十二岁,在古代这是绝对的高寿。其字仲达,温孝敬里,也就是日后唤作招贤村人。他的十三世高祖为汉初殷王司马卬,其父为东汉京兆司马防,家系世代为宦的世族地主。读《三国志》可知,司马懿

的出仕颇为有趣。家族世代为官，当书香门第，家学渊源极为深厚，加之天生聪慧有智，尚在少年他就有了"博学"之名。魏建安六年，亦即公元201年，司马懿被推举为郡上计掾。这时，曹操为司空，闻其为可用俊才，求贤若渴，便下令聘用。岂料，曹操的在外名声并不甚好，对于他的力邀司马懿并不买账，以"病"为由给拒绝了，而且前后装病了好几回。曹操也怪，铁了心似的，你若再不来我这就要派人来抓了。畏惧于曹操之威，司马懿不得不到曹操那里去，当了个文学掾的小官。司马懿的这一去，宏图大展，写就了波澜壮阔的人生。而被公认为一代枭雄、伟大的政治家、军事家、文学家的曹操，可能也不曾想到，正是他的这一力荐，可以说既助力了魏、挽救了魏，最后又断送了魏。魏嘉平元年（公元249年）正月甲午（六日），齐王曹芳出宫拜谒明帝所葬的高平陵，司马懿借机，假郭太后之手，带领其子司马师、其弟司马孚，逼原本还想抵抗的曹芳投了降，史称高平陵之变。由此，司马家族开始完全主导了曹魏政权，并最终以晋取而代之。

公元251年8月，司马懿病逝洛阳，他的孙子司马炎建立晋朝后，追封其为晋宣帝。

在中国历史上，将门虎子，老子英雄儿好汉的事例不胜枚举，司马氏家族更是如此。司马懿，其子司马师、司马昭，其孙司马炎，祖孙三代四人，自公元201年司马懿入曹魏政权，到公元265年

12月司马炎逼魏文帝曹奂退位、禅让，建立晋朝，前后六十四年，更朝换代，天翻地覆，可算是司马家族的一个壮举。这里面司马昭可以说承前启后，居功至伟。

司马昭与其兄司马师，尚未成年便随父亲司马懿东征西战，尤其在跟随父亲抗击蜀汉战争中，多有战功，封将封侯。司马懿、司马师病逝之后，司马昭带领魏军攻吴灭蜀，更是立下头功。他凭着这些卓越功勋，权倾朝野，专揽了曹魏国政，一度曾被人误以为他会取代魏帝曹髦，"司马昭之心，路人皆知"便出自此时。景元四年，亦即公元263年，司马昭令钟会、邓艾、诸葛绪，分三路大军攻打蜀汉，成都陷落，后主刘禅降魏。三国鼎立变为魏吴对峙，他获封晋公，次年，晋爵晋王。或是为了报答家乡，光耀故里，这一年司马昭在招贤村以王都规模兴建城市。公元265年司马昭之子司马炎登上帝位，改魏为晋，温县治所随即迁入此城，上苑北地那座温国古城，自此就渐渐消失在了历史的长河中。但温县的温姓却并未随改朝换代的更迭而有所改变。

三

故乡，处于中原腹地，亦处在中华民族发祥的腹地，立国建县至今四千余年。尽管其间有过多民族杂居，种族姓氏繁多，但受传统文化濡染浸润，始终以汉文化为主导。语言、礼仪、民俗、饮食、建筑等像是遗传因子，随时代而不断复制，传承至今。现在，如果仔细体察，故乡的大街小巷，岗岭田畴、俗风俚语中，仍可看到古代文化的影子。而且，故乡人性情大多和顺，既不剽悍亦不羸弱，温厚适中，刚柔相济。

全国现已知有五十六个民族，故乡则只有其零头，最多不超过八个。然而，回过头来看历史，生活在这片土地上的种族，在最多的时候有过数十种，春秋时戎狄，汉时匈奴，南北朝时鲜卑、氐、羌、羯，金元时女真、蒙古等。到了近代，社会生产大发展，为巩固开发边疆，在上世纪五六十年代，故乡曾经数次派遣男女青年支边。他们完成任务后，返乡时带回藏、彝、壮、傈僳族人入籍，大大丰富了县域内种族结构。时至今日，随着历史的淘洗、同化，社会功能的强化，杂居其中的古代少数民族在温县已不复见。即便人口较多的回族，也就百人左右，汉族成为绝大多数，几近百分之百。可见，人类社会的发展，同样遵循自然规律，既不断交融融合，又常常分化，强留弱汰，一方水土滋养着一方人。

不过，颇为有趣的是，种族尽管稀少，姓氏却甚多，上世纪八十年代曾达到二百七十九个。温县地处平原，土地肥沃，气候宜人，适合农耕，物产种类齐全，一般年景都会有较好收成。自夏初立国到商、周两朝，虽然不再以国名世，但"畿辅"之地的地位仍未变；战国至秦汉，更"富冠海内"，被赞为"天下名都"，一时间四面八方，迁入者众。到了今天，除却温、州二姓，系以温邑、州邑而起源于本域，尚有诸多姓氏其源可追溯到遥远的古代。例如卜姓可溯至战国，司马可溯至秦代，石姓可溯至西汉，常姓可溯于曹魏。

此外，连年烽火战争亦是推动人口不断迁徙、姓氏愈来愈多的因素之一。

元朝末年和明朝初年，温县尚属怀庆府辖域。当时的怀庆府包含现在的温（县）、孟州（市）、沁阳（市）、博爱（县）、武陟（县）、修武（县）。正在崛起的大明与日薄西山的元，于怀庆府境内展开你来我往的拉锯战，弄得府内百姓不知该依附于谁。他们只好做了"迎大元"和"迎大明"两面翻的牌子，元军来，就举着"迎大元"的那一面，出门相接；元军走、明军来，就翻成"迎大明"的这一面，出门相接。这也是"两面派"一词的出处。终于有一天，这个秘密不幸被朱元璋发现，他气愤于怀庆人的"猴精"，遂三次血洗怀庆。一时间，怀庆六县血流成河，尸骨遍野，了无人迹……

怀庆域内土地多平坦肥沃，物产丰饶，是战争所急需粮草之重要供给地。清醒过来后的朱元璋不免有所后悔，无奈之际，他便想到了"西民东迁"的办法。于是，相对安宁、富裕、人口稠密的山西洪洞县便成了东迁之源。我们村的谢姓就由洪洞迁来，当时是两位亲兄弟，另一位在我们村西南、猪龙河对岸隶属于古孟州的张庄村定居下来。至今，这两座村子里的谢姓，仍按照相同的"字"来排辈分，一家人样的亲。

这样的大迁徙，以至于今天温县近二百八十个姓氏结构中，洪洞迁民后裔成为主体，就人口而言，约占到百分之八十以上。余下的百分之二十，则有相当一部分是南方鄂皖一带，随明兵前来温军屯之民的后人。

在此需要说清楚的是，经过历史学家们考证，朱元璋本人并未领军涉足怀庆，"三洗怀庆"之举乃传闻，或由他当年部下将领为之？俗语云，民不谣空，"三洗怀庆"是不是空穴来风，或一定有其事实依据，尚有待专家们继续加以考证。

温域在立国之初，或改置县治之后，民众皆精于农耕，曾有过生活相对安逸的时代。但自东汉以后，尤金、元、明三朝，自然灾害频发，封建王朝的苛政暴掠，改朝换代间的兵匪战乱灾祸，令这块丰腴富庶的土地，满目疮痍，民不聊生。例如明朝成化年间，灾荒连年，民众生活极端困苦，时任知县胡宣在所上《救荒疏》中写道："一入温县境界，田野荒芜，土地干燥，十室九空，尽是逃亡屋基；二群二伙，举为趁食游民；烟火断绝，鸡犬无闻。……道旁死尸惟存其骨，林中树木尽去其皮……"多么令人恐惧和凄惨的死亡景象！

更有甚者,"人相食"的情景,历史上温县境内亦多次出现。

即便来到民国,军阀混战,豪绅盘剥,政府重苛,就是正常年景普通百姓连勉强生活也难以维持,照样挣扎在饥饿、死亡线上。

1947年4月12日,温县地方武装独立营、武工队,配合太行军分区四十六团,攻克国民党还乡团盘踞的温县城,国民党县长于锦江被当日公审枪决,温县最终解放,迎来新生。盛世之年,由此拉开帷幕。农业,是温县的经济命脉,农业互助合作社新中国成立后迅速兴起,有力地推动农业生产加快发展。至上世纪五十年代中期,人民生活摆脱饥寒,流离和逃亡现象从此再也没有发生。1960年前后,虽历经三年自然灾害,但中期之后便快速恢复,民众生活得以全面、积极改善。1970年,我读小学,目睹并经历了农村、城乡所发生的翻天覆地变化——农业生产进入半机械化,农业科学技术逐步开始推广。以种植为主的农业,产量获得跨越式增长,玉米单产过千、小麦达到八百斤以上,较之新中国成立前翻了三至四番,连毛泽东主席都知道温县小麦长得好!其后,发展副业及开厂办企业在全县渐次推开。到八十年代,率先富裕起来的村庄,尝试建设新农村,全县一百六十八个乡村年收入百万元以上的达到十九个,温饱早已不是问题。大多数家庭开始购置电视机,新建房屋也打破四合院格局,多为两层楼房,厨房、洗漱间、厕所,开始贴瓷片、马赛克,电话机开始进入家庭。

地,还是这样平坦和肥沃;人,还是这样勤劳和实干。世事沧桑,流水依旧,却为何社会面貌、人的精神风貌、百姓生活,会发生如此之巨大变化?如果用一句话来回答,那就是社会制度优越性和生产方式科学化,得以充分地释放。

四

地杰便人灵。

故乡历史漫长,虽然中国历史上大小朝代更迭或有数百次之多,作为农桑富庶之地、军事战略要冲,历遭蹂躏在所难免。但毕竟因了历史的浸润、文化的催生、苦难的磨砺、人生的勤勉,温县从古至今并不乏大家、枭雄人物的涌现。当然,在如此之小的篇幅里,欲若一一细述,绝无可能办到,只好拣些我所略知一二的几位来说说。

2002年5月,我奉命到江西招生。那日来到赣州,喜欢游历的我,抽空去游览八境台和郁孤台后,在满目沧桑的老城区街巷中随意走动,不想竟跨入到一座孔庙里来。在庄严肃穆的大成殿,合掌向孔老大子作了三个揖,眼前又是一亮,他的七十二位弟子的牌位,也摆在他的塑像前,其中之一便是卜商,河南温县人。

这是我第一次知道卜商,当然,也是第一次知道卜商为温县人。

次年底我回故乡探亲，下了不少功夫来寻找卜商流传下来的历史信息。

卜商，字子夏，出生在公元前507年，那是春秋末期了，故于何时无历史记载。他诞生在今温县城西约七里之地的古贤村（这些村子古时原名不详，是卜商成为有名贤人，改称古贤至今）。他父亲叫卜启周，为温县卜氏家族一世。卜商自幼勤读好学，还很年轻时即求学孔门。那么，温县距孔子所讲学的鲁国或曲阜，路途遥远，卜商是如何由温至鲁的？史书未有记录，只知他与子游同列文科，并深得孔子赏识，曰"始可与其言《诗》矣。"

卜商对孔学的最大贡献，是孔子著作的主要传世人，对诸经（"诗书礼易春秋"）皆有注疏。曾为《诗经》作《诗序》，对《礼记》《周礼》著有《仪礼丧服》、传《春秋》给公羊高等。他的另一大贡献是与冉雍等合撰了《论语》一书。它以语录体为主，叙事体为辅，记录了孔子及其弟子言行，集中体现了孔子的政治主张、伦理思想、道德观念及教育原则，可谓之孔学核心，儒家经典。汉人徐昉有"诗书礼乐定于孔子，发明章句始于子夏"之说。他的《诗序》被历代文学家视为不朽之作。

孔子去世后，卜商应邀到魏国西河（今陕西大荔县）讲学，曾提出"仕而优则学，学而优则仕"和"大德不逾闲，小德出入可也"等治学观点。他的这一教学理念，至今争论尚存，可以说都在所

取各需。但无论如何争论他所主张的"学好"与"好学"可是永远不会过时的。

卜商一生游学地域广阔,辞世后葬在现温县卜杨门村南(卜商年少时曾移居此村,可算是早年生活故里)。相传,在河南获嘉县、陕西大荔、山东曹县,也建有卜商墓。葬地诸说甚多,可见,卜商的名望及其学说还是有较大影响力的。

而对于前面已有所提及的司马懿,我所知道的似乎就多些。一是因着他的确名气大,从古至今;二是他的故居所在地招贤村与我所生活的东城外村,彼此相邻,不过四五里地之遥,不仅能听到诸多关于他的传说,而且有关他留在地面上的历史遗物,蛛丝马迹,尚可看到。

纵观司马懿的一生,我以为他的确是位有着大智慧的人物。你看,他知道曹操的为人、为政、为事,觉得难以与其为伍,且"汉室运式微,不欲屈节",屡邀不出。但一旦出山,便忠心事于曹,无论在曹操身前、身后,可以说,是他多次力挽曹魏于危旦。曹叡即明帝位不久,新城(今湖北房县)太守孟达谋叛魏,明帝诏懿前去平定。司马懿一面先快马送信稳住孟达,一面由宛(今河南南阳)急出兵,昼夜进军,沿着汉水的支流堵水到达当时的新城郡治——上庸城。

因为孟达是在诸葛亮的再次招诱下,叛魏而降蜀汉的,于是诸葛亮提醒孟达要早做迎击的准备。孟达则回信说:"宛去洛八百里,去吾一千二百里,闻吾举事,当表上天子,比相反复,一月间也。"然而仅仅八日,司马懿便赶到上庸,随即开始攻击。尽管孟达依靠城墙、木栅、环壕三重防御拒守,但魏军一举渡过堵水、突破木栅,兵临城下,四面围攻。太和二年正月(公元 228 年),经过十六天攻击,上庸陷落,孟达被斩,其首级被送往洛阳烧掉了,司马懿押着一万余名俘虏凯旋宛城。

太和四年(公元 230 年)司马懿任大将军,受命西屯长安,都督雍、凉二州军事,开始与诸葛亮的正面作战。青龙二年(公元 234 年),诸葛亮率兵十万与司马懿相持在长安以西五丈原。诸葛亮多次主动出击挑衅,他以"不与之争土,亦不欲灭之"为本,概不出战,两军相持百余日,诸葛亮抑郁成病,不幸而逝,打成平手。景初元年(公元 237 年),辽东太守公孙渊反叛,自称燕王。第二年,司马懿率步骑四万北征讨伐,八月便破渊于襄平……

"每与大谋,辄有奇策。"这是曹操对司马懿的评价。可以看出,他深为曹操所信重。

曹丕临终,令懿与曹真、陈群为辅政大臣,共佑明帝曹叡。

景初三年,受明帝遗诏,与曹爽共扶少主曹芳。

魏嘉平元年(公元 249 年)司马懿亲手策划高平陵政变,为日后其孙司马炎建立晋朝埋下基石。这是后面所要详叙的。

由此看来，司马懿不愧为曹魏时期的政治家、军事家和谋略家。

司马懿还可以说是位有着大格局、大气派的人物。他自奉曹起，便一直将两个儿子司马师、司马昭带在身边，南征北伐，出生入死。不仅造就出了两位军事强人，同时，也将他们两位历练成为曹魏政权中的权臣和极其能干的政治人物。

尤其是司马昭在父亲司马懿七十三岁寿终正寝、其兄司马师英年早逝之后，单挑魏皇帝和朝中众臣，成功辅助儿子司马炎灭掉了东吴，最终三国归晋，完成了大中华的一统江山。这些无不归功于司马懿的深思远虑、胆识卓越的政治家格局。

如今，留在温县地面上与司马懿有关联的遗物几近泯灭，唯有魏明帝景初二年(公元238年)8月，他率军北征公孙渊途经家乡，于上苑西北地虢公台宴请故里父老，后称贺酒台的依稀可见。我年少时常到猪龙河堤上去割草，挖野菜，前往黄河滩拾花生，要在河堤南尽头的虢公台附近打转转的，或者要经过它，不免会爬上去玩耍一番。它始建于周桓王十六年（公元前704年），东西长约五百米，两头宽三百米，中间宽二百米，高十米，坐北面南马蹄形，夯土筑成。那一年，周臣虢公率兵伐晋，为鼓舞士气筑此台，集兵于台下誓师，之后遗弃。不想942年之后，被司马懿所用，于其上大宴乡亲三日。这也是它后来被称为贺酒台的来历。

至今，两千七百多年过去，当时雄伟壮观的贺酒台，几乎与猪龙河东岸摩天岭同高，很难分清其遗迹所在了。

上世纪八十年代后，司马懿家乡人在招贤西街口，立司马懿汉白玉雕像一尊，并成立"司马懿研究会"。我当兵回家探亲每每从此石像下经过，都会停下脚步仔细端详，禁不住喟叹一番，发一回寄古之幽思……

在温县众多历史人物中，太极拳开山鼻祖陈王廷，应该是比较特殊的一位。时至今日，太极拳不仅在国内就是在国际也早已传达五大洲，尤其是日本、韩国、新加坡等东亚、南亚邻国，成为中国与世界国际文化交流的一张名片。

陈王廷的姓名和有关太极的传说，我在年少时便知晓了的。不过，因为陈大师的故里陈家沟，也就是太极拳的发源地，在县城之东而我生活的村庄则在县之西界，两村相隔三十来里，听得到的东西总是模模糊糊的。后来，到陈家沟去过几次后所知道的逐渐变得清晰了些。陈王廷，字奏庭，祖籍山西泽州。其陈氏一世陈卜，在明洪武五年（公元1372年），迁到温县城北十余里处结草为庐，唤作陈卜庄。数年后，陈卜又携家带口，再迁至县城东南数里处的常阳村，生息繁衍，到第九代陈王廷出生。自陈卜迁入后，陈氏后人人丁兴旺，成为村中大姓，便易改村名为陈家沟。

陈卜在泽州时已"善武事，精拳械"，到常阳村后曾于村中设武学社，擎开陈氏家族世代习拳武械之先河，并形成世代家传。

　　陈王廷年轻时就开始沿袭家传拳术，练就一身好武功，惯使大刀，轻功绝技亦非等闲。明末，他曾游历山东，授拳习拳，回家乡后任县乡兵守备。这使得他看到一线功名仕途的希望，谁知却就此打住，屡不得志，索性匿伏了乡里，发奋造拳传拳。依据祖上传下来的拳术，他博采众长，结合经络学说和《黄庭经》、吐纳之术，以及太极图说原理，经分析综合试练，创编了一种全新的拳术——太极拳。这种拳拳势螺旋缠绕、快慢相间，意念、呼吸和动作密切配合，技击反应灵活，可以柔克刚，以弱制强。太极拳既有套路，又有刀、枪、剑、棍、锏、双人粘枪等器械武功。尤其是双人推手，为前人练武方法所未有，既不伤人，又可习练提高技巧，一经推出，深受习武者欢迎。

　　陈王廷的这一前无古人之创拳，迅速流传乡民，尽管民间有着众多秘技传授的"行规"，几百年下来，它还是派生出杨、武、吴、孙、仇、和等式太极拳。在我记事时就常听说"喝了陈沟水，就会跷跷腿"。历史上，仅太极拳陈家一脉，就名家辈出，例如陈长兴、陈有本、陈发科、陈照奎、陈照丕、陈小旺等，不胜枚举。

　　今日之陈家沟村中建有陈氏祖祠，陈王廷铜像立于祠内，正殿及东西配殿，以壁画为记，形象直观描绘太极拳起源及各式套路动作。祠院中，陈王廷铜像两侧，立有各代太极名家石碑，勒石以记录其事迹。

陈氏祖祠，现在已然成为太极拳爱好者的朝圣之地。

最后，再来说说北宋大画家郭熙。

郭熙（约公元1020—1100年间），字淳文，温县西郭作村人。郭熙的成名颇有意思，他出身在贫寒人家，及年长仍乃乡间布衣。不过，他酷爱艺术，刻苦自学，无师自通，先成名于乡间。宋神宗熙宁初年，户部尚书富弼巡视河阳（今沁阳市），偶闻其名，要了他的画来看，大为惊讶：千态万状，一时独步。颇为懂得欣赏画作的尚书大人，可谓无心插柳，大喜过望，回到京城立刻破格推荐给了朝廷。更为幸运的是，刚刚即位的神宗赵顼皇帝，不仅年轻有为，而且好学，尤喜品画。他十分喜爱郭熙的画风，下诏郭熙入翰林图画院，初为艺学，后升御书院待诏直长，并在宫内多处张挂郭熙的画。

为何郭熙的画作能够受到上至皇帝、下至平民百姓的喜欢呢？这与他的作画思想密不可分。郭熙作画主张"饱游饫看"，向真山真水学习；极力摆脱时习，锐意创新；不拘于一家，兼收并览，广议博考，以使其自成一家。他在自己的理论著作《山水训》《画意》《画诀》《画题》《画格拾遗》中，积极主张深刻理解自然，取其精华。他说："千里之山，不能尽奇；万里之水，岂能尽秀？……一概画之，版图何异？凡此之美，咎在于所取不精粹也。"例如，不同季节的山景意蕴，完全被他看得透彻：春山淡冶而如笑，夏山苍翠而如滴，

秋山明净而如妆,冬山惨淡而如睡。不能不说郭熙对于自然的观察,是看到了骨髓里去,如此去画山,怎能不把山的意态神韵画个淋漓尽致呢?晚他十七岁的宋代大文豪苏东坡看了他的画,赞不绝口,特写了诗以赞叹:"玉堂昼掩春日闲,中有郭熙画春山。鸣鸠乳燕初睡起,白波青嶂非人间。"宋人黄庭坚,明代文学家、书法家吴宽,也对郭熙的画大加赞赏。吴宽亦曾作诗曰:"宋人能画非等闲,郭熙绝艺如荆关。御府收藏三十轴,玉堂犹自遗春山。"

郭熙画画得好,教子亦极为有方。其子郭思,不仅做官做到了微猷阁待制,秦凤路经略安抚使,而且也"工绘画,长于文学"。

遗憾的是,郭熙画作流传下来的并不多,前些年曾有人寻觅和考证,国内外大概也就二十幅左右。毫无疑问,这都成了传世之珍品。

温县有近五千年的文明史(出土文物考证,温域属仰韶文化圈),历史人物众多。作为生长在中华文化发祥腹地的他们,对于中华文明的向前推进,都曾做出过贡献,历史当不会忘记。

五

在一定地域范围之内,什么能够说明历史的悠久、文化积淀的深厚、文明进程的快速?可能答案只有一个,那就是遗存于地上、地下的文物。故乡温县便是如此。她的面积甚至不足五百平方公里,或因了历朝历代的战乱,散失者甚多。有的出土和散藏在民间的文物,毁于"大跃进""十年动乱"。还有的在推坟扩耕和基本农田建设中被夷为平地,导致无以计数的文物消失在了时代的进程中。不过,至今既知和劫后犹存的文物数量,还是令人感到震惊:遗址十七处,古墓四十余座,古建筑十一处,碑刻三十余通,近现代纪念地九处,馆藏出土文物或达两千余件。

"有记载或无考而埋藏在地下未发掘者或许还有很多。"文物专家们如是说。

的确,行走在故乡的土地上,不敢说秦砖汉瓦俯拾皆是,但放眼而望,总会有三五处城池遗址或古窑、古墓、古碑扑入眼帘,叫人频发思古之幽。尤其,从县西至东,沿清风岭三四十里一线,可以说那是一道历史雄浑厚重、文明古远灿烂的文化长廊。远者不说,就说我们村周围这几处我之所见所闻的历史遗迹吧。

如前所写,我们村方圆十数里为仰韶文化和龙山文化相互交织、相互叠压的地方。从地理上看,仰韶文化中心区河南洛阳渑池仰韶村,离我们较近,大概也就西去百十里;而距东北龙山文化发祥地山东济南章丘,可能要远达千里了。从时空上看,仰韶文化距今七千多年,龙山文化距今六千多年;就文化性质而言,仰韶是新石器时代的彩陶文化,龙山是新石器晚期铜石并用文化,

前后相隔千年的区别便在于此。不过，它们也有共同点，那就是仰韶人是从仰韶山上走下来的，龙山人也是从龙山上走下来的。从穴居山上到下得山来筑屋而居，这是人类生活的一大飞跃。

我们村西北约五六里地的东口村，西邻古济水（也就是现在的猪龙河），就是一处被发掘到面积约六万平方米的仰韶文化遗址。古人非常讲究生息之地的选择，其一是要择水而居。东口是我堂二姑的婆家，她结婚时我曾去送亲，之后也常去走亲戚。猪龙河从其村西北流来，在村西南转弯，向东南而去。仰韶文化遗址正好被河水所半绕。据挖掘考古，这里的文化层深一到五米，出土文物大多是白衣红陶，多为缸、钵、器盖。

而在我们村偏东南二里地的上苑村北东沟两侧，也就是古温国城北与古贺酒台地域，被发掘到占地面积约三万平方米的龙山文化遗址。这条沟说起来曾与我有过如此密切的接触。它南北向，深约三到四米，千余米长，沟底是从我们村去到上苑村的乡间土路。假如我们要拉车、驾车到黄河滩上去的话，这儿也是必经之路。沟深且阴沉，常常能看到沟壁裸露在外的完整的人骨骨架，衬出人的阴森。奇怪的是沟壁土缝里藏着土蝎子，夏天天热，晚上它会跑出来乘凉。因为它又是上等的中药材，我的小学老师每到夜晚便手提马灯，让我陪着他前去捉那土蝎子回来养。每当这时，他一手持马灯贴着沟壁照来照去，一手持竹筷子，见着蝎子便夹。

我则手拿一只大玻璃瓶子跟在他身后,夹到一只便赶紧放入瓶里。他显得很是从容,而我每每则会惊出一身大汗。老师说,他练太极拳既久,身上阳气足得很,完全不惧阴气侵身。

上苑这块龙山文化遗址层深达三米,出土新、旧石器时代陶器、骨器、蚌器和鹿角、猪骨化石。

包括我们村在内的古温国城池遗址,地面上已没有任何可见遗物,只是上世纪六七十年代打土井时,偶尔可以从地下挖出砖瓦残块来。倒是司马昭在其家乡招贤所建晋国古城的城中城安乐寨(古称安平寨),城墙依然残存。安乐寨为世人所知,是因了《水浒传》。武松当年被发配孟州城时,所经过的安平寨即为此。我家二嫂娘家在安乐寨,我少年时每年都去走几回亲戚。安乐寨在我们那一代算是座大村落了,四周城墙环绕。不过,墙里、墙外、墙顶的砖皆被拆了去,城门亦不复存在,空剩内里夯土一层压着一层,看得很是清晰。城墙高的地方有十几米,我还爬到顶上过,居高临下,吓得我战战兢兢。也可以想见,若在当年它该是多么的雄伟巍峨,坚固异常。

安乐寨西寨门正对着此文多次提到的上苑村。上苑,其真实名字应称为上林苑村,听名知意,它原本是供居住在晋城或者城中城安乐寨里,那些国亲贵戚们游乐的大花园。大概因为它西邻古济水,便于汲水浇灌,且河边水色秀美,是故,温域之内第一、

第二座城池，就被邻着修筑于东岸了。遗憾的是，至今，除却上苑村西摩天岭上那座跨越两千七百零四年的虢公台（贺酒台）隐约可见，余之，皆茫茫大地一派真干净了。

历史，很容易被淹没在自然的风里沙里、雨里雪里。

当然，也有至今矗立在历史长廊中的文化瑰宝，依然放射着它璀璨的耀眼光芒。在温域境内还有着那么一处，那就是离仰韶文化遗址东口村不远的大吴村内的慈胜寺。

慈胜寺所在地大吴村，古济水即猪龙河，亦从村西流过。现在看来，这条千年不涸的猪龙河，真的应该算作是故乡的母亲河了！

这座古寺建筑规模达到占地五万平方米，可称得上名副其实的宏大。我曾遍翻文献，找不到它成寺在何时的历史记载。不过，有一个时间节点可以印证它的最早建成，不会晚于唐代。这座寺曾多次重修或部分修缮，大多有重修碑文记载，例如五代、元至元五年（公元1339年），清顺治六年、1963年和1979年。其中，元至元五年重修大雄宝殿和修缮其他建筑时，就发现狮子门墩和覆莲柱疑为唐代遗物。如此推测，该寺应该建成在盛唐。

壁画，是这座千年古刹最有艺术价值的文物遗存。分存两处，一处在大雄宝殿内。甚为遗憾和可恨的是，在民国十八年被当地乡绅勾结奸商，凿揭盗卖到了国外，仅存四小块。不过，就这四小块残存依然可以窥见它工整的线条、斑斓的色彩。能够想见,四壁皆画时,那高超的画技、宏阔的场面,庄严流畅的人物构图,其艺术魅力该是多么地撞击人心!幸运的是,天王殿两墙壁上尚存完整的"四大天王"人物画。它每高六尺,线条奔放,可见肌肉隆起、狰狞面相。它的威武雄健、目光狰狞,令每一位入寺礼佛而从下经过者,无不畏惧三分。

清顺治六年,对寺内文物再施修葺,修寺碑文称:"其壁画、匾书、佛塑谓之'三绝'。"

招贤村西北地田野上,曾发掘出一处汉代烘范窑遗址。考古专家认为它在我国古代冶金铸造史上占有重要地位。

这处遗址在我们村前去招贤村的乡村土路右侧高地上,到招贤赶集、赶会必经之地。所以,当年发掘时我去现场看过好几回,时在1974年夏天,我刚考上初中。发掘工地标有"河南省考古工作队"的牌子,有民兵站岗,四座残炉上都搭着遮阳席篷。每座炉窑结构基本相同,前室为炉堂,中室堆放范模,后室垒有通向地面的抽风烟囱。我后来查阅资料,在四座残炉窑室中,当初共清理出五百多套尚未浇注的叠铸范模,计十六类三十六种,多为车马挽具。每套铸范由五至十四层叠成,少者一次浇注五件,多者达八十四件,已初具现代立体浇注工艺。

我们的祖先在两千多年前,就创造了如此先进的立体浇铸工

艺，其聪明和智慧、发达的科技水平，令今人叹为观止。当然，我们也该是多么地引以为豪！

同样地，还是在招贤村北地，距离汉代烘范窑遗址东北不远的地方，耸立着一座土冢。冢前有塌陷深坑，据传坑底可见一处石门。小时候到招贤赶会，喜欢抄近路，刚好从处在田野中的大冢下走过，经不住好奇，曾爬到冢顶耍玩。而对于下陷深坑，却从不敢近到前去。

当时，坊间传言那是司马懿当年修筑的转兵洞。

转兵洞文献上并无记载，按照传说它应该是一处藏行兼而有之的庞大的地下军事工程。在故乡有关它的故事说来既美妙又传奇。

年少时听村里老辈人讲古：司马懿与诸葛亮交战，在河阳古战场对峙时，司马懿常率千军万马，浩浩荡荡从西向东昼夜行军，号称雄兵百万。一生谨慎的诸葛亮坐镇南山，每欲前来挑战，却耳闻目睹司马懿兵强马壮，疑虑重重，最后，兵不厌诈，被迫退兵。其实，这时的司马懿经过数年征战，所有兵马并不多，也不过万人而已，且疲惫不堪。无奈之下，他早早命人挖好了长达四十五里由温县西到温县东的地下通道，也就是传说的转兵洞。他的兵马在地面上由西向东行军，马尾巴上绑了树枝，行起军来腾起一溜尘烟，拟似大队人马。到达县东兵马秘密进入转兵洞，于洞中行军到县西出口,回到地面再向县东去。如此循环往复,造成其兵马源源不断之假象,虚张声势,就这样轻而易举地迷惑了诸葛军师。

转兵洞还称藏兵洞,无仗可打时便藏兵于洞中,养精蓄锐,厉兵秣马,严阵以待。

我们都曾希望这个传说是真实的,并且假以时日开发出来,那该是多么壮观的一座地下长城啊!可惜,总归它还是传说,经过考古专家实地探测、鉴定,实为一座古汉墓,只不过墓道深邃罢了。

除却古寺、古窑、古冢、古陵,温域境内尚有古观、古祠、古民居、古城、古碑、古石刻。尤其,位于县东北隅西张计村"春秋盟书遗址",出土的近万件盟辞圭片法、石简,印证了晋定公十五年十二月二十七日(公元前497年1月16日),由晋上卿韩简子主盟的盟誓盛会,具有很高的史学意义和历史价值。

六

如前所说,古温域属古怀庆府的一部分。

古怀庆府的核心地带,在今天的沁阳市,古时称河阳或河内。沁阳市的南邻便是温县。温县北望巍巍太行山、南面滔滔黄河水,凭借其"北过沁河古栈道,南来黄河氾水古渡口,西出济源古轵关"之便,中原腹地商贾曾云集于此,将域内最负盛名的山药、地黄、牛膝、菊花"四大怀药",销往上党、秦地,再把那里的山货、潞盐带回中原。得天独厚之地理优势,使这里成为中原文化与秦晋文化交流的一隅宝地。她积淀着浑厚的文化底蕴,彰显着独树一帜的文化追求。几千年来,生活在这块土地上的人们,既辛勤劳作又不断创造着颇为发达的社会文明。其中,她独有的人文景观、风情民俗、文化艺术,在中原传统文化领域占有举足轻重、不可或缺的一席之地。我曾掐指粗略估算,带有浓郁温县色彩的乡间文化竟有二十种之多:戏剧、曲艺、木偶、皮影、高跷、吹奏、锣鼓、社火、斗虎、耍狮子、跑旱船、大头舞、舞龙灯、背桩、二人摔、鹬蚌舞、打夯歌、民歌、民谣和童谣。

大概我自小时候听到最多的是打夯歌,它高昂、旋律优美、节奏强,记忆犹新。

故乡人家在盖新房或者集体出工修河筑堤时,必须用到一种夯实地基的工具——石硪。石硪,形如壮族铜鼓,中间细两头粗,青石凿成。用它来夯地时,先用铁索拦腰而扎,七八根丈多长粗麻绳再环铁索而扣。七八名壮汉每人一根,待其中一人喊响了行硪号子,大家一齐用力,将石硪抛向空中,然后再用力向下猛抻麻绳,拉着石硪重重砸向地面。

盖房，一般选在秋末冬初农闲时节。这会儿的天寒冷下来，然而，打夯却是件重体力活，不一会儿每个人会大汗淋漓，先脱棉衣、再脱毛衣，最后仅剩了内里的小白褂子。犯傻的倒是我们这些十岁八岁的孩童们，就那么痴痴地站在凛冽的寒风中，看着那硕大的石碾在他们优美动听的特有歌声中，一次次被抛向天空，再一次次在歌声中有力地砸向地面。那歌声没有歌词，有的只是"哎嗨嗨"的曲调和或急或缓，或高亢或低沉的旋律。这曲调或旋律没有经过任何的训练，他们却是天然地配合默契。我们常常沉浸在这浑厚、动听的旋律中，脚冷了就跺一跺，手冷了就搓一搓，忘记了吃饭，有时，甚至迟到了上学。

除却看打夯听《打夯歌》，我还很喜欢听童谣。这种多由母亲、奶奶或外婆唱给子、孙辈们的歌谣，朗朗上口，柔而不腻，就像在讲着一个神奇的童话故事，直白却充满奇幻。在我们家由于母亲来自数百公里外的异地他乡，自然没有受到过童谣的熏陶，她是不会唱的。奶奶在我刚出生的时候就已病逝，所以，我只能去听别家老人们唱的童谣。我家对门章奶就很会唱，她一辈子生得五女一子，且老六才是儿子，就溺爱得很，从小还在后脑勺留了根表示"独子、娇惯"的辫子。夏日的夜晚，我们会抱一卷草席，铺在街边乘凉，常常看到她搂着儿子，眼望当空皓月，轻轻唤起："月婆婆，明晃晃，开开后门洗衣裳；洗得白，洗得光，打发哥哥上学堂。读四书，做文章，进京得中状元郎，你看排场不排场？"一首接着一首，直到我们忘记了天的热，而就着街头吹来的微风，做起童谣般的梦，她可能还在唱着。

六七岁时，我们村通上了电，街头安装了电灯。晚饭后，我们小伙伴会三五一伙，在路灯下边玩边唱着童谣。现在城里孩子常玩的老鹰抓小鸡，在我们那叫老狼抓小羊。游戏开始狼和羊会一问一答："门楼门楼几丈高？三十六丈高。骑白马，耍强刀。强刀强，杀死羊，羊有四条爪，隔墙摞各娃。啥娃？琉璃娃。啥砖？斧头砖，打发老虎上西天。"看我们说得热闹，那些胆大的女孩子们也不甘示弱，加入了进来。她们会二人一组，相互拉着对方的手，边甩边唱："筛，筛麦糠，琉璃咯嘣打冰糖；你擦胭脂我擦粉，咱俩打个锅里滚。"唱完，两手随身一翻，背着身继续甩着手，接着唱："燕、燕，摄簸箕，一斗糠，一斗米，我家莲花嫁给你，不要财，不要礼，但愿回家莫受气；不骑马，不坐轿，但愿天天穿花衣；不图吃，不图喝，但愿夫君能及第……"显然，这些童谣是从大人们那里学来的。

在停电的日子里，我们就会跑到紧贴村边的打麦场上去，就着月光或星光，继续无忧无虑地玩耍。我们歌唱着童谣，陶醉于朗然或灿然的月光、星光下，如此幸福、自由、开心、惬意地度过童年和少年。

说到流行于温域之内的民谣，往往带有其时代烙印，且多产生在旧社会旱涝荒灾或兵荒马乱年月，生活在岁月困苦里的百姓，借以倾诉心中的苦楚、郁闷：

富人过年好喜欢，穷人过年真艰难。
东头借、西头借，借了二升黑秕麦。
磨那面，似砖灰，蒸那馍，黑似铁。
割了四两死猪肉，还带两片死猪血。
拿到案板上去切，伤心泪，往下滴。

这便是流行于故乡较广的一首民谣。

1947年温县解放之后，很少再有新的民谣产生和传唱，反倒是民歌得以与时俱进，不时有新的作品流行在田间地头。它自然亦是普通百姓在生产、生活和参与社会活动时，心有所思情有所系，随感而发的口头文艺作品。最初，它多以板话的形式出现，群众称"抖裹脚"，意思是有趣且长篇大牍。

农村要过好时光，不怕起早不怕忙；
男耕女织勤劳动，三年余下一年粮。
家家干净不生病，人人识字读报章；

儿童值班站岗哨，民兵练武学打枪。
白天地里去干活，黑夜读书上学堂；
逢年过节赶庙会，十里秧歌闹嚷嚷。

这是解放初期，传唱在温县城东一带乡村的民歌。可以看出，它随手拈来，使用的是百姓常说的话，通俗易懂，唱起来很是上口。

没有人考证过温县的打夯歌、童谣、民谣、民歌，产生于何时、从何处而来。但也不得不遗憾地说，随着现代生活的日新月异，数字信息化时代的到来，这些古老而又充满乡间情调的歌唱，已在人们的记忆中悄然逝去。仅于部分上了年纪的老人们之间有时会情不自禁地津津乐道一番，释然一下怀旧的情感。这些发于心唱自口的歌谣，没有无厘头的矫情，没有轻浮、妩媚，更没有自命不凡的虚妄。它有的是朴实无华、诙谐幽默、典雅高尚，不仅缓解了人们苦难生活中的压力，更是抒发了人们的喜怒哀乐，童心童怀。它扎根在故乡的泥土里，回荡在田地的野风中，情真意切，传神、生动、温柔、敦厚，哀而不伤，怨而不怒，有对苦涩生命的历史记忆，也有对新生活的憧憬颂扬。它像一幅幅风俗画，更像一坛坛陈年酒，让人记忆犹新，让人回味悠长……

大凡民间文化都有其个性、独特性，十分贴近那个地域普通百姓的生活情怀。其标志就是它的"由口头到口头"的创作，以及以"口头或说或唱"的形式传播出去,童谣、民谣、民歌、打夯歌概莫能外。在故乡所有二十余种民间娱乐文化样式中,还有一种我对之亦一往情深,情有独钟,那便是曲艺。为何?大概有两个理由。其一,受农时、农事、场地、天气、习俗等影响,尽管民间文化品类繁多,但似乎亦都有其季节性,到需要出场的时候搬它出来,玩上几天后就偃旗息鼓了。例如社戏,几乎排练一个冬天,演出时间却只在大年初三到正月十五、十六这十来天;耍龙灯、舞狮、斗虎、跑旱船,也只有八月十五中秋节或正月十五元宵节时,大家伙聚到街头热闹一番;吹奏,则多涉及红喜事、白丧事。唯有曲艺,几乎不受任何条件制约,随时随地,招之即来,来之能说、能唱、能演、能奏,简便易做。

在故乡流行的曲艺有河洛大鼓和京腔大鼓两种,百姓通俗地称之为"说书"。在温县1947年解放之前,操艺者多为盲人,为生计他们走乡串户,集"说书"与"卜卦"于一身,内容多荒诞不经或夹杂低俗成分,有的则变相为"乞讨"。新中国成立后,经过文宣部门清理、整顿、培训,发掘创作传统曲目,新编歌颂新社会、新生活、新节目,说唱队伍和内容皆焕然一新。

上世纪六十年代中后期,电影尚未在广大农村普及,我们最为热衷的民间娱乐便是听说书。此时,县境内最为知名的艺人有县东南张羌的张清轩、艺名三不照,拿手曲目为《靠山黄》;县西招贤镇辛庄中村人杨坷垃,代表曲目《岳飞传》;我们村西邻西城外村人梁麦季,他的保留曲目是《三不义》。因为辛庄中村离我们村只不过六七里路,所以那会儿听得最多的是杨坷垃和梁麦季的书场。

当然,他们说书一般在农闲较多的春节后、秋后和冬天。其时,只要一听到他俩说书的消息,大伙儿早早吃了晚饭,肩扛板凳,或就那么空着手,三五成群,说说笑笑,踏着淡淡夜色,向那书场走去。说书的场子是极为简陋的,大树下或者十字路口,摆着一张八仙桌,桌面上架着一面小皮鼓,放着块惊堂木,树枝儿或电线杆上吊盏马灯,这书场就算布置妥当。若遇大风强雨暴雪,移往祠堂或庙里,场地变窄,人显得拥挤许多,却更为热闹。

待听众来得差不多,他俩要么猛吸一口烟,要么猛喝一茶缸水,手握惊堂木,炯炯双目,环视众人,啪地声脆响:"哎嗨,说那……"这说书就算开了场。

我那时年少,挤在黑压压人堆里,找了半截砖头,坐在八仙桌下,仰望着他俩隐约灯光中的一举一动,喜怒哀乐,那听得真是如痴如醉。

其二,我就出生在曲艺之家,岂有不爱之理?

大概1965年前后,身为河南坠子说唱名家的母亲,把人在河南杞县的爷爷(外公)赵广田、大哥赵林接到我家,大哥拉弦,爷爷和母亲说唱。他们游走在故乡县城以西几乎所有的村镇,一时掀起千人空巷的"坠子热"。我那会五六岁，尚未上学，母亲便把我带在身边。白天，他们配弦、排练，我则找那些个村子的孩童们玩。晚上，坠子书开场，我就坐在爷爷身边，听他们说唱。到了夜里很晚的时候，人去场空，我这才跟着母亲回到借住的农户家睡到她的脚后跟，母子共眠。

哎，离世快要十年的母亲，再也回不去的童年，现在更很少回去的故乡，我所有的思念和怀想，都只好寄托在梦境里了！

七

毫无疑问，故乡是缺山少水的，虽说有着一道清风岭横亘东西，它也只高出地面十米八米的样子，而且属于那种缓慢升高、缓慢降低的那类，坡度极小，几乎看不到，所以整体上看，这块土地平阔坦荡，一望无际。到了仲秋，若站在我们村南的猪龙河堤上向南张望，可以隔着黄河清晰地看到十数里外其南岸芒山顶上的树木。向北眺望，亦是东西向的太行山巍峨挺拔，能清楚看见那山的褶皱，甚而听到跑在焦枝铁路上火车拉响的悠长的笛声。一马平川的大地，有少量的沙地、盐碱地，其余大部分则良田沃土。是故，自有了人类在这块土地上生活、繁衍，她就农业发达，经济作物种类繁多，数千年来以从事农桑为生存之道，至今这种状

况仍未改变。在可以预见的未来,大概也不会有太大改变。

小麦和秋玉米,一直是温县主产粮。正常年景颗粒饱满,成色或如细粒赤玉或金黄似珠,而且产量还高。我离开家乡时的1979年,小麦亩产达到八百斤、玉米一千五百斤。每年的四五月份,置身在广袤田野,在春风吹拂下麦浪如海之波涛,远远地卷来又远远地滚去,千千重重,蔚为壮观。而到了八九月份的浓秋,目及之处皆一人多高的玉米,人淹没在青纱帐里,看长长的玉米叶子在风的吹袭中起舞,听其哗哗之响,便犹如听到了风的絮语,令人心旷神怡。

伴随小麦、玉米生长的其他农作物还有很多,大麦、谷、高粱、黄豆绿豆、红薯、花生、芝麻。它们收打之后,大部分用作了副食,小部分用来饲养牲畜。在这十数种物产中,有四种特产名传古今,声播海外,即山药、地黄、牛膝、菊花。

前面已经说到,古之以来,地处太行山以南、黄河以北的温县、武陟县、博爱县、修武县、孟州市、沁阳市,先是被称作"覃怀""怀州",元称"怀孟路",明清为"怀庆府","怀"贯地望名称之始终。生长在这一带的山药、地黄、牛膝、菊花,向以质地优良、药效纯正和加工精细著称于世。这四种可以入药的商品性农作物特产,自古便称之为"四大怀药"。其中,山药、地黄更是以温县为中心产区,早在神农《本草经》中就被列为上品药类。

怀山，内含丰富的皂苷黏液质尿囊素、胆碱、精氨酸、淀粉酶、蛋白质、碘质和淀粉，性平味甘，有健脾胃、补肺肾之功效。因它在生长中非常地吃地力，轮种期至少在三年以上，在过去是不敢大面积播种的。物以稀为贵，每年冬天它被挖掘出来后，经过加工大都出口或远销到了他乡，本地人反而较少食用。近十来年，随着人们对其药效的广为认知，身价倍增，名声家喻户晓。需求量激增，县域里的产量已无法满足，这样就惹得不少种植地要了温县的品种，大加推广。然后，到了收获的时候，装进印有"温县铁棍山药"的纸盒，充作"货真价实"了。岂不知，水土对于农作物品性的形成是如此之重要，尽管品种未变，但供它生长的土质变了，它无论如何长不出原来的药性了。曾有科研工作者做过对比：假如是外地山药品种移植于温境，其药性会越来越优；而本地品种移植到了外地，质地和药性则渐渐转差了去。

一方水土养得一方人呢，对于作物何况不是如此？

这便是土地的力量！

而且，就其药性来说，山药从收获到成品药材，那是得经过一系列精细加工程序的。前人费尽了周折方摸索出来，所以，它不是那么随便拿来蒸、煮、炒、炖，就可以当药来吃。对山药故乡曾有如此一说："种得其地，采适其时，制精其法。"怎么个"制精其法"我没有做过实地考察，在此就无法如实相告了。不过，我自小经历地黄的下种、栽培、出土，做成生地、熟地，整个流程了然于心，所以，竹筒倒豆子能够细细直说。

地黄，又名阳精、地精，属玄参科多年生草本植物，内含梓醇、地黄素、维生素A、多重糖、氨基酸和磷酸。新鲜地黄性寒、味甘苦，有清热、生津止血、凉血功能。少年时在家，每年冬初从地下挖出地黄后，父亲便会挑几个大块头的来，洗净切片，过下开水，直接放入盐、醋、酱油、芝麻油凉拌着吃，味香并有种特殊的甘苦。假如这时上了火，鲜地黄片沏入开水，半晌工夫，满身的火气烟消云散。

栽培地黄很是有趣。春末的时候吧，先将前一年窖藏下来的地黄埋入地下。过上月把，它会在地下长出一团团的根须，挖出，将根须折断成一寸长短的节节；再把这些小节按照一定的间隔、行距，第二次埋入田地。

像山药那样，地黄吸食地力之强远远胜过它。而且，它娇嫩得很，施肥、浇水、田间管理，多有讲究。例如，浇水必须在清晨、傍晚或者夜里，也就是没有大太阳的时间。话说回来，经营它也有快乐开心的时候。它生长到中期，十数片椭圆状有皱纹的绿叶中央，会开出紫红色五裂唇形喇叭状花朵，像在绿色大地上铺了张硕大的花毯，壮观而赏心悦目。劳作着，看着这些茁壮、蓬勃、养眼的花朵，你说心里该是多么的畅快！

挖地黄我们叫作"出",还先要选择吉祥日子并燃放鞭炮,以这样的仪式祈求会有个好收成。到了这一天,所有的种植户肩扛镢头,成群结队来到各家田间,都不忙着开挖,而是拆开鞭炮,就那么随地而摆,划火点燃,祭祀药王神。秋来,空旷的田野鞭炮声此起彼伏,蓝色烟雾升腾起来,如云絮般贴地而飞,鲜红的纸屑被炸得四处散落,也有的被风吹得在飘摇,如一团蝴蝶在飞翔……

将鲜地黄焙干成具有较好药性的生地,是件挺烦琐的事情。在把鲜地黄洗净晾干的同时,必须先垒就一座烘焙窑。它被垒在一间大房子里,由炉灶、窑室、烟囱三部分组成。窑室里有由竹竿、竹片搭成的十数层竹篷,用于摆放鲜地黄。一切准备就绪即可生火开焙。炉灶里烧的是炭,所以得有人值守。窑室一侧开有小门,焙上一段时间,人还得进去给地黄翻过儿,当然,那翻腾的动作是很快捷的。

值守,我们叫看窑,倒是件美差事。那一年,我就跟随父亲看窑。冬天了,外面寒风吹袭,人被冻得出不了门,而垒有焙窑的大房子里温暖似春,闲来无事的街坊邻居,尤其老少爷们每晚都要来此一聚,常常是一盏马灯下有的打扑克,有的下棋,有的海天旷地闲谝吹牛,其中不乏带些黄色成分的笑话。待夜向深,大伙儿依依不舍离去,父亲会于地上先铺一层麦秸,再摊开被褥,叠了

棉衣裤当了枕头，我们父子就可以睡上个美美的觉了。

大概个把星期，熄了炉火，待窑室冷却下来，就可以出货了。这时的地黄被叫成"生地"，已被烘焙得外皮干燥、内里柔软，富有弹性。掰它开来，截面黑紫透亮，特有的菊花纹理甚是清晰。生地入了药，对滋阴、补血有特效。

生地有待进一步加工为熟地，但程序繁复。简单说来，在生地中加入黄酒、砂仁等佐料，装入竹笼中蒸，经九蒸九晒，变为膏状，黑亮腻软，模压成块，方算最终成药。药效亦随之变化，可以用来治疗肾虚阴亏，头晕目眩，腰酸腰痛……

由于山药和地黄有着如此神奇的功效，历来行销国内，甚至贵为贡品，县域内曾货行林立，演绎着诸如《大宅门》那样的"百草厅"故事。清道光年开始，它又开始行销国外。所以，我一直就不明白，为什么我们越来越多的国人，就不再那么信服我们的中医中药了呢？这可是国宝国粹啊！

<h2 style="text-align:center">八</h2>

前些年，有好事者不知出于何种心态，编排了不少丑化段子埋汰河南人。真是的，河南人咋着就惹到了你？

就温县这块地域上生活的人们来说，深受几千年中华传统文化教化，又过着以农耕为社会经济基础的生活，勤劳、淳朴、善良，早就写在了一代代人的脸上。当然，他们也要观天象、择农时、估产量，要修河筑堤、盖房垒屋，要逃灾避难、打仗护家，机智、聪慧，甚而有时不免狡黠，但那一定是个别的。

我自幼生长在故乡，到二十岁上离开，所受到的教育和所见所闻："学者，皆勤奋；劳者，皆勤谨；生活，皆勤俭。为人，皆和善；为邻，皆和睦；处事，皆和平。从商，皆诚信；从业，皆诚勉；从属，皆诚心。"有学者将其归结为"怀府文化精髓"。

有这么一个故事，虽然发生得有些年代了，但却一直作为睦邻佳话流传下来："编篱护枣王羊店，砍树留邻大玉兰。"往我们村东南方向去约十二三里，有座村子名叫大玉兰。其村西头遍植枣树，是处在平原地带不多见的枣树园子。每年中秋前后，大枣成熟，几百颗树上玛瑙般的大小红枣充盈了天地间，而且枣的香甜味儿飘逸方圆数里，诱人垂涎欲滴。西邻村王羊店有一群俏皮孩童，时常中午趁人午睡不备前来打枣吃，吃了不算，还要打些带回家去。村民和族长都感到过意不去，又打又骂，可孩童们毕竟年少，顽劣本性难改，好过几天便又来打枣，每每弄得狼藉一片，叫人心疼。族长情急之下招呼村民商量，在两村之间扎起一道又长又高的篱笆，心想这回可是能挡住这些捣蛋鬼们了。岂料，这哪能难得住他们，扒开个豁子口，钻了过去，继续打。每年如此三番五次地折腾,始终未能制止。怎么办呢?真不行,咱们搬家吧,往黄河滩那边移移?族长又同村民商量,尽管大玉兰村邻居并没有来找他们说理闹事。

这怎么成,为这么点小事就要全村搬家?大玉兰的村民听到消息,急得坐不住了。

"砍树,全部砍掉!"他们最终决定。

大玉兰发动村民,把这座枣园砍了个一干二净,以挽留邻居。王羊店村民有感于此情,放弃了迁村搬家。于是,就有了上面的顺口溜。这个故事说明,"怀府文化"的确已经融入这块土地上民众的血液里,并且他们做到了极为完美的传承。这从他们敬畏天地、敬畏自然、敬畏生命等诸多举动中可见其一斑。如前所叙,收刨山药、地黄,祭祀药王,此外打井、破土之前祭土地神;作坊开张,祭财神;粮食丰收祭天、地。凡祭,要么焚香、要么摆供、要么鞭炮,要么三样一起做。

记得小时候我家盖西厢房,在最后搭建那条主檩条时,一串鞭炮就挂在檩条上,边向上拉升边燃放,啪啪啪地炸响,轻烟腾天,红纸飘舞,热闹喜庆。还要"撒飘粮",也就是用白面做成的小馒头,待主檩条安装妥当,挂在其上的一篮子"飘粮"撒将下来,供在下面看热闹的人们疯抢,没有大小长幼男女之分,谁抢着都高兴。抢飘粮,成为那时候我们的一种期盼。后来,变成撒糖块、花生。

而且，负责打造梁、檩、椽、柱的木工"主作"，在动锛、斧、锯、凿、刨之前，也是要先设牌位、上香祭拜鲁班的。

还有常发生在民间的扮神祈雨。

你说，这些都是迷信吗？叫我说，这是一种敬畏天地、自然、先贤的心愿。祭，不在于形式，而在于表达内心的感恩。

的确，故乡人是颇为讲究的，哪怕生活再为困顿，也要尽其力，过什么节必须做什么事。就说时下在城里过春节，也就除夕晚上吃顿团圆饭、看场春晚、发几个红包，初一打打电话、发发信息，来场电子拜年，尚不得放鞭炮，年味儿越发之清淡。

故乡的春节那是节里套节，规矩多多。从腊月二十三过到正月初五，甚至正月十五、十六元宵节，长达二十天左右。腊月二十三祭灶，要摆供焚香于灶台，欢送掌管人间烟火的灶王君到了天庭玉皇大帝那，多"言好事"，也就是多说些人间好的话。此后数日，赶做新衣、煮肉蒸馍过油，扫屋清院贴门神、对联。到了除夕晚上，那就更加热闹，先是燃烛焚香、放鞭炮，把前去玉皇大帝那"言好事"的灶王君接回人间；接着摆祖先牌位在高案并磕头案下，感恩它们对于后人的庇护，许下新一年的心愿。那会儿并无春晚可看，全家人接着包饺子，边说笑边熬夜。待天快亮，随着大年初一鞭炮声的响起，父亲会带着穿了新衣的儿女，到院落中央去燃"旺火"，搭梯子爬上院门口的大树上挂"天灯"，亦即张灯结彩。到了此刻，过去的一年才算是真正结束，再向下所做的一切，便是新的一年的开始了。大年初一，亦即从院落中燃起"旺火"、院门口树上挂"天灯"算起。"旺火"给充满喜气的院子带来融融暖意，同时，它的熊熊火焰预示着这个家庭新的一年人丁兴旺、家业兴盛。

初一、初二年里的这几天，各地习俗大体一致。

正月初五在故乡叫"破五"，意味着年已过完，可以解除年间敬神、祭礼、说话等等禁忌。年就这么过去？似乎早了些。所以，有的人家特别是大户人家，亲戚还没有走完，就把年延续到了正月十五。这也就是为什么元宵节甚而热闹过年初一、初二的缘故。这两天里家家户户扎花灯，尚未入夜街头便花灯齐明，与天上的皓月共辉映，幻化出一派诗意。有的村组织耍狮子、舞龙灯，或者踩高跷、跑旱船、扭秧歌、坐绷杆，尽情玩乐，长夜不散。

有个别村庄或人家，把过完正月十九视为年的结束。他们的说法是正月十九乃"添仓日"，并且还是老天爷的生日，就把过年以来细心储藏的肉、菜、馍拿出，再行祭祀，祈求这年里的粮、果、蔬、六畜丰收兴旺，然后痛痛快快再吃喝一顿。如果从上年的腊月二十二算开始过年，到这会儿结束这年可不就过了一个月了。

在故乡，还有一个叫"望夏"的节，大概别处是没有的。它在农历六月以后，一般六月十五以前的某一天。这个节为新结姻亲之家而特定。过节时，男方要赶集割礼肉，在家炸糖糕，择吉日送到岳父家。女方娘家这会儿开始做打算，务必于八月十五中秋节前，蒸一个硕大的枣糕，作为回礼送到男方家去，是为"追节"。你看，礼尚往来，这是多么有意思的事儿。我十来岁时姐姐出嫁，第一年姐夫那边来"望夏"，尚未到中秋，母亲一再催促我去邻家打零，请村东郭奶奶到家里来做枣糕。

做枣糕绝对是门技术活：要用去几十斤面粉，内里三四层，顶上摆画了脸谱的面人、喜鹊、老虎、小草小树等；直径最大做到两尺，蒸时得用大口锅；从发面到烧火，时时得小心翼翼掌握火候，宁裂不瘪，全家人前前后后得忙活两三天。送枣糕这天还得把它装上平板车，动作要轻拿轻放。当我把它送到姐姐婆家时，远在大门之外，便引来数十街坊邻居前来看新奇，无不对郭奶奶那高超的手艺称赞叫好，给我父母脸上争了不少光彩回来。

这里，既然写到了故乡有关面食的做法，那也就顺便叙叙故乡人的吃食。

我十九岁之前没有走出故乡时，大概是适应了这块土地上的生活，各种吃食都觉得可心得很。即便难以下咽的玉米窝窝头、烧心的红薯粉面饸饹、缺肉少油的粉条炖白菜，并没觉得它是苦难的表现，反而认为这饭、这菜本该就是这么个做法。我当兵后走的地方多了，特别是山西、陕西两省，基本从北走到南，相比

较而言都是以食面为主,但在面食的花样制作和各种吃法上,故乡的确有差距。印象中故乡的一种"过水面",在我所走过的冀鲁陕晋甘宁诸省,到目前尚是没吃过,便以为它有其独特之处。

做这顿面条前,会先到土井里打来一通新鲜凉水,锅里滚了三开水的手擀面,用竹编的笊篱捞出来,但不是放入碗中,而是随即倒在那新打来的井水里,浸上一两分钟。故乡人把这一过程叫"拔",亦即让新出井水的凉"拔"去面条的"热"和"黏"。经凉水"拔"过的面条,上覆黄瓜丝、浇蒜汁,放入醋和香油,最后以鸡蛋或肉卤相伴,那入口后的凉、爽、香真个无法用话语说得清,归纳成一句:吃得一碗便可记得一辈子。其实,他只不过多了用水"拔"的过程。

"过水面"一般在"三伏"暑天干了大力气活后吃,解渴、解馋、解饥。

故乡还有一种吃食叫碾馔,因为我曾有一篇专门写它做法和吃法的散文,在此就不多啰嗦了,简略叙述如下。

故乡的小麦一般在四月下旬扬花、授粉、结粒,五月中旬开始灌浆,麦粒渐渐充盈、饱满。在收割前半个月时故乡人会先割几捆回来,取其青光尚泛的麦穗,放入开水锅中煮熟,冷却后把麦粒搓下来。这会儿的麦粒完全鼓胀了起来,呈出殷殷的绿。置其于磨盘上推,磨出来的不是面,而是像粉条一样的条状物,这就是碾馔。把散发着浓郁清香味儿的碾馔再上笼小蒸，加盐、醋、酱油、香油和蒜汁拌匀，吃起来，小麦未成熟时那特有的醇香和筋道，口感极佳，且易于消化，老少皆宜，哪怕是没了牙齿的老头老太。

这道小吃不知故乡之外的地方是否会有，我闯荡在外大凡四十年，是不曾吃过第二家的。灌浆之后的小麦能拿来做碾馔的时间很短，前后也就五六天，完全不可能推而广之，所以若不是为了尝新鲜，一般人家是不会自找麻烦的。不过，这几年有老乡把做好的碾馔存入冰箱，倒是可以放得些时日了。常有我故乡的发小，到了这个时候快递了它来，放在藏有冰块的泡沫盒子里。

这使我每每就食得了故乡的味道！

现在得说说温县人的"说话"，也就是温县人的语言这件事。语言，作为交流的工具，地域特点尤其明显。温县人的语言与河南其他地方话的音调大体一致，不过特点也是显著的。它的突出之处是较多地保留了古代人的入声，而且，晋语也就是山西话的成分居多。从历史上看，元末明初温县屡遭元明军队在此域拉锯战的残酷蹂躏，土著百姓或死于战火或背井离乡，境内人烟稀少。明洪武三年之后，开始陆续有大批山西泽州、潞州及洪洞县等民众迁来定居。大凡三十年，孱弱的温县本土语言受到蜂拥而至的山西话影响，并渐渐混同，自然让外人听起来有浓郁的山西话味道了。其实，不仅在温县，整个豫域内的语言，或多或少都掺杂着山西话的成分。好在，它发音清晰，节奏缓慢，听得清便明白了言之所指、意之所在。不像有些地方的语言，连珠炮，似"鸟语"，让人摸不着头脑。

总之，1949年之后的温县，人口愈来愈多，地狭人稠，加之历史悠久，虽然也经历过从生活习俗到道德观念的深刻转化，却依旧保留着很有文化内涵的传统。现在，它无疑是一笔丰厚的历史遗产了。

九

温县，归属在暖温带大陆性季风型气候区，所以就气象学意义上的春夏秋冬四季而言，春季是3月26日至5月20日，五十六天；夏季，5月21日至9月10日，一百一十三天；秋季，9月11日至11月5日，五十六天；冬季，11月6日至翌年3月25日，长达一百四十天。最难熬的夏、冬两季倒时间最长，舒适宜人的春秋两季，短暂得可怜。当然，每个季节无论时间长短，其气候特点还是明显的，并且景象和人们的生活情趣亦因季而不同。

春天，来到温县的这块土地上，最先让人产生感觉的既不是观风听雨，也不是沿河看柳或水上浮鸭，却是看那麦苗儿的挺身而立。尽管,依据节气很早便立春了,但春天真正地到来,尚还隔着差不多一个半月时间。这会儿的麦苗是铺开来的,紧贴着地面。到了3月26日前后,春的气息如约而至,它扑地的叶片会倏地支棱起来,枝枝节节齐刷刷地朝天立起,精神头儿一派的茁壮。之后一段时日,这站立起来的麦苗在无限明媚的春光里,会疯了似的分叉拔节。农人们形象地说,从麦垄地里走过,都会听到它拔节的声音。

  直到这时,田地里的人影才密匝,他们大多脱去厚重的棉衣、棉裤,而换上轻便的夹衣、夹裤,开始为小麦追肥。也有的翻新菜地,准备着点瓜种豆,有的修剪果树枝条,有的赶着牲口,在地垄上啃噬刚刚拱出地面儿的嫩草芽儿。那些牲口们被拴在槽头整整一个冬天,膘肥体壮,却难得享受和煦的春光,它们一会儿仰天长嘶,一会儿扑卧在地,撒欢、打滚……

  村南猪龙河堤上的桃花俨然盛开,姹紫嫣红,蜂蝶齐来,绵延一里多地,壮观而又热烈,唤它桃花堤名不虚传。堤下的猪龙河河冰消融,清澈见底。大大小小的鲤鱼、绵锦鱼、黄刺鱼,成群结队,悠然悠游。特别喜欢凌水而飞的燕子,常常擦着河面,让扇动的翅膀掠起细碎的水花。

  春雨像有了约定,在夜色阑珊之时,静悄悄落了下来。它细如银丝,天亮了,透着晶莹。春雨不沾衣,只管在其中穿行,半

响头发丝儿也摸不到湿漉，空气则湿润清新了许多。桃花去了，梨花尾随而至，馨香味儿随风飘散，田野和村庄里的街街巷巷，满鼻花香。太阳天天早起，露出通红粉嘟的脸，融融暖意，让人有了昏昏欲睡的感觉。街头晒太阳打瞌睡的老人多了起来，他们或头靠门框，或身倚树干，垂首眯眼，享受着阳光的抚慰。还有哨鸽亦迎着阳光起飞，在村庄上空盘旋，绑在那只白色鸽子腿上的哨子，发出嘹亮不绝如缕的哨音；响彻了辽远的天空……

如此，这春天便有了颜色，有了味道，有了声音。遗憾的是如此充满生命力和活力的春，却短暂似白驹过隙，当人们尚在体味它、感知它、享用它的时候，它却不辞而别了。热烘烘的夏急切而来，而且它要待那么久。在长达四个月的苦夏时光中，人们除却不得不顶着毒辣辣的太阳收麦种秋，最为可人的消暑去处，要么是河边要么是每个生产队都在使用着的打麦场。

故乡境内有四条河，温沁、温博北界沁河；温孟、温济西界猪龙河；温巩、温荥南界黄河；从县西流向县东与黄河并肩的蟒河。四条河中猪龙河流程最短、流量最小，但它的古老却是不输其他三条的。东口村的仰韶文化遗址、段村的龙山文化遗址均滨邻着它。它是孕育这两处文明香甜的母汁。值得庆幸的是，它刚好从我们村西流来，并于此折了个外拐的弯，直直地向村南流去。猪龙河为故乡沿河十数座村落提供了天然的消夏场所，我们村可以说得天独厚。

所说消夏，也就是到猪龙河里去洗澡，一般在晌午收工和夜晚打麦场上忙完之后。最为有趣的是晚上洗澡这一回。

在整个夏收中，打麦是十分辛苦的劳作。从上世纪六十年代中至七十年代末，分为三个时期。开始，用牲口套上石碡，在打麦场上绕着圈子碾压，烈日当头，人们得一次次地翻场，大汗淋漓的牲口也得隔上会儿换一次。之后有了拖拉机，由它拖着巨型石碡，牲口解放了出来，却因了它的速度快，人们得跟在它后面不停地翻场，倒是更累了。进入七十年代，队里买来了打麦机，人们只管把那整捆的麦子送上输入带，一边是脱粒下的麦子，一边是被抛出的麦秸，效率高、用人少。如此，便由过去的白天打麦变成晚上用脱粒机。它让人辛苦的地方是那脱粒机一旦开动，其入口便像填不满的地洞，得需一拨拨人不停地传送麦捆，而且灰尘漫天，机声隆隆，格外地脏、嘈杂。于是，每晚打完麦后，男男女女数十人就要到猪龙河里洗澡去。

夜色里的河水似乎平静了许多，缺了日间的曝晒，凉丝丝的。男女分在两处下河，他们皆脱净了衣物，生怕弄浑了流水似的，静悄悄下到河里，然后慢慢蹲身浸入水中。他们并不说话，将河水轻轻撩到头顶，十指分开，像用梳子那样反复洗濯和梳理头发。女人们头发长，她们会两两结对，你帮我、我帮你。过了会儿搓

　　夜色里的河水似乎平静了许多，缺了日间的曝晒，凉丝丝的。男女分在两处下河，他们皆脱净了衣物，生怕弄浑了流水似的，静悄悄下到河里，然后慢慢蹲身浸入水中。

洗完毕，他们就那么静蹲水中，双目微闭，任凭河水从腿间、腰际、脖颈流过，享用着水摩挲着身体那轻轻的痒。

河水，洗去了一整天的疲惫。上得岸来，顺河而至的风，阴阴爽爽，吹走了大地上笼罩了一整日的暑气。

即便是打完了麦，酷热的夜晚也是无法睡在家里的。怎么办呢？女人们大都先是用晒在木盆里的水仔细擦洗身子，换了短袖短腿夜衣裤，当院铺了草席，放了枕头和一块床单，边看头顶上的星星边摇手中的芭蕉扇子，不大会儿也就沉沉入睡了。老少爷们则约好了似的，晚饭后打桶新鲜井水，站在自家石榴树下，当头而浇，草草搓抹一番，也抱着那三样东西，来到打麦场上，三五一伙，铺席于麦秸上，长长舒过口气，躺上去。他们不像女人们那么安静，有的讲古，"三国""水浒""西游记"，添油加醋，随便怎么闲谝，让人都听得入迷。有的海天海地胡喷，把过去闯荡江湖偷鸡摸狗那些事儿，一股脑地端出，回想着昔时的"荣耀"。有的大姑、小姨说着些荤腥故事，听得那些没有成家的年轻人直咂嘴巴……

尽管不远处坟地里高高的柏树上，有猫头鹰瘆人地叫，有长虫的出没，有癞蛤蟆的蹦蹦跳跳，有蜈蚣的钻来钻去，却丝毫影响不到他们谈天说地的兴味。直到月至中天或星光黯淡，说话的人亦不知不觉昏昏睡去，方才响起满麦场的呼噜声。

秋的来临就缓慢得多了，一场秋雨一场寒，虽然也并非说每一场雨都会带来寒意，但的确可以感觉到每一次雨后那空气中溽暑地减缓。当然，秋老虎也会频频光顾，有令人措手不及的时候。能够感觉到秋天确已到来的，还就是吃的丰富。这个时候粮食也罢、蔬菜也罢、瓜果也罢，只要走到旷野里去，低头弯腰或者仰头张望，垂首便是瓜举头就有果。就是在家做饭，有米有面、有酱有油、有瓜有菜，可以选择的种类很多。

秋天里的另外一种景象是藏，俗话说秋收冬藏，现实则是现收现藏。藏，有的是怎么收就怎么藏，也不怎么费劲，但对那些不易收藏而又必须长时间收藏的，则就得转变方式。譬如红白萝卜，要从秋吃到冬，再吃到春，时间长达五六个月，鲜萝卜很难存放那么久，那就得把它刨成萝卜片，撒于麦苗地上，让强烈的秋风吹干、曝烈的秋阳晒干。干透，置于阁楼，随食随取。红薯也是如此，晒成干，来年春上青黄不接，可以细磨成面，做了饸饹凉拌来吃。还有萝卜缨、白菜，要把它们洗净、过水、封缸腌起来。所以，秋天的忙是家里地里连轴转，其劳作的辛苦并不亚于酷日当空的夏。

秋季后期北风频吹，昼短夜长，气温下降，大高云远，蓝白相间；秋风染上了柿子树的叶，它们或黄或红或绿，层层叠叠；大雁南飞，人字形的队伍，从天边传来呱呱叫声。天地脱胎换骨了一般，令人心情忽然间就愉悦了起来,按捺不住地操办起偌多喜庆事儿,有的人家开始修房盖屋,有的娶媳嫁女,有的携带了土特产,去走远方的亲戚,有的赶集逛店扯布开始做过年的新衣。对于孩童而言,最乐意的就是动手做风筝,从母亲那里要来长长的丝线,来到一望无际的旷野,手牵风筝,逆风而跑,待它飞到高高天上,听那粘在风筝后面的飘带,于风中抖动所发出的哗哗声响……

冬天,也就在这风筝飘带所发出的美妙的哗哗声中到来。

在外人眼里,故乡冬天的人们应该是无事可做,只管躲在家里烤着火、嗑着瓜子,或者吃喝睡觉,一派悠闲的样子。实际情况大相径庭,他们不但忙而且忙得不可开交,只不过不像春夏秋那般地赶,从容些罢了。

劳作上,大多会趁着农闲而大施兴修水利,挖河筑堤、疏浚渠道、打井围堰。这些活计用人多,几乎要派上整队整村的人,且得是壮劳力,又是吃住放在了工地上。女人们则开始了纺线、织布、浆洗、剪裁、缝补,家家户户纺车声嗡嗡,织布投梭声富有节奏地此起彼伏,通宵达旦。大街上,新染出的土布或蓝或黑,或黄或绿,就那么铺开在玉米秸堆上,色泽虽不免单调,但在那个缺少鲜艳的年代,也算上一道较为亮丽的风景了;还有颜料所挥发出的香味,让人不住地翕动鼻翼。

此时,乡村中传出的另外一种声音,则是各种作坊的齐声开张。

榨油的、下粉条的、做豆腐的、弹棉花的、打铁的,四处叮叮当当,四处炊烟袅袅,四处热气腾腾……

有的村,召集人马,或开始排练社戏,或练习踩高跷、跑旱船,为着春节上演而早做准备。于是,乡村的夜晚又多了锣鼓声、胡琴声和反反复复的唱段。如前所述,县境内的三位说书名家梁麦季、杨坷垃、三不照,更是摆开了书场。一面皮鼓、一只醒木,就着这一张八仙桌、一盏昏黄的马灯,开始了"说岳""水浒""三不义",十天八天连绵不绝的说唱。天寒地冻,北风呼号,雪花纷飞,却是抵挡不住人们前去听书的脚步。老槐树下、古庙之中、祠堂里,人头攒动,鸦雀无声,唯鼓声遥遥……

一年四季轮回,质朴、温情而又勤劳的故乡人,亦重复着如此多姿多彩的生活,从未感到厌倦,从未失去趣味。无论多么艰辛的付出,他们觉得那都应该,从不抱怨,亦从不失去信心和勇气。他们哪怕只享用到生活中的一点一滴,也就觉得很是知足了。故乡的土地丰腴妖娆,故乡的亲人尤可敬可爱!

十

地处中原腹地的故乡,前有川、后有山,地理位置优越;土地肥沃物产便富饶,好收成年景略多;通畅的黄河古渡,提供了舟车之便，使得温县自古至今成为战略要津，你往我来争争抢抢的古战场。尤其，抗日战争和解放战争期间，我军同日军、国民党军的战斗，惨烈、悲壮，震撼天地，可歌可泣。

温域境内的古渡口，特别是具有重要军事意义的黄河一线古渡口，前文未曾提及，这儿得多说上几句。

温县南滨黄河，既为南界河。它西从招贤乡单庄南入境，东到赵堡乡河水滩出境，流长二十七公里。滨河滩区面积一百二十平方公里，可耕土地十万余亩，有十八个村庄、四千多户，约两万人居住在河滩内。

自西至东，在这五十多里的河岸边，曾经有过四处古渡口。

其一，小营口，亦即现在的小营村。小营村在我们村南大概十里地的地方，是我一位堂姑的婆婆家，因此小时候我曾去过若干次。其村建在黄河大堤之南滩地上，离黄河水道不过两三里。河南与它相对应的是巩县的裴峪沟。这个渡口的特点是，河道中有块冲积沙洲，便显出了窄，易于使船摆渡。

其二，马营口，也称关白庄渡口。马营，非现实村名，为明代军队、战马屯住于此的军营，因邻近小村关白庄，当马营口被人遗忘了后，便以此而取代。关白庄东临张王庄，我母亲曾在那一带说唱过河南坠子，六七岁时我跟着母亲就住在张王庄，还拜

了一户田姓人家为干爹干娘,所以我跟干弟田虎也曾到关白庄去玩过。这个渡口正对着那南岸的洛河口和旧巩县城。隋代时官府在洛口建了专门的洛口仓,成为繁华、南来北往热闹的商埠,其码头和渡口的重要地位就可想而知了。

其三,汜水口。这个渡口在温境黄河滩朱家庄,南与旧汜水县汜水镇、今虎牢关隔黄河相望。这相对应的两处古渡,似乎是古代军事家们专门为军事斗争准备而建,历代均被视作军事要地。公元前1046年,周武王姬发带领周与各诸侯联军起兵讨伐商王帝辛(纣),就是从这里渡黄河北上的。虎牢关则是楚汉战争最后结束的地方,象棋盘上的楚河、汉界,指的就是此处。绵延数千公里的连霍高速公路,现在亦从虎牢关中穿过。五代纷乱、宋金相抗,都曾在此整军备战。太平天国北征军也是在这个渡口过黄河抵达温境的。连接这对渡口的,还是古时由温县城往省城去的官道,所以它商道、官道、战道合而有之。

其四,汜水滩口,也叫平皋渡口,是温县黄河滩最东边的一处。这座渡口再往东一二里,就是武陟县境了。所以,它只是建在温,而过渡之人大多武陟百姓。它相对应的南岸渡口为荥阳县的孤柏咀村,所以巩荥两县来温武也要走此渡了。

黄河,原本天堑,因了这些渡口的存在,便畅通了起来。当然,以利于战亦不可避免。

据历史记载,最早发生于小营口的战事,在汉更始三年(公元25年)。此时,更始帝刘玄据洛阳与刘秀对峙。刘秀委任寇恂为河内郡(亦即后来的怀庆府)太守,冯异为孟津将军,屯兵河上(今孟州市西南黄河冶戍渡口),隔河与刘玄相持。这年春天,刘玄手下大司马朱鲔,得到刘秀发兵北征的消息,趁河内空虚,命其将贾强、苏茂率兵三万,从小营口渡口登岸,攻入温县。朱鲔本人率万人攻平阴(今孟津县东)以牵制冯异。寇恂闻讯,急令河内郡沁阳、博爱、修武各县,欲会兵温城(今招贤)与过河而来的贾强、苏茂激战。经过一日,冯异援军从西向东,各诸县援军则从东向西,对贾强、苏茂形成夹击之势。有利的地形、正确的夹攻战术、得以多助的战场,令贾强、苏茂之军不堪一击,万人被俘、数千人投黄河而死,贾、苏二人大败南逃。寇恂、冯异乘胜势之威渡过黄河追击朱鲔,一直到洛阳城下。

一百六十七年前的清咸丰三年(公元1853年)6月,太平军之北伐军林凤翔、李开芳、吉文元部,由黄河南岸洛河口登船,至北岸马营口上岸,驻扎在黄河滩的柳树林中整军,聚力北伐。10日,温县知县张清瀛带领乡勇前去围讨,未及接战便被太平军的连营号角给轰了回来。11日,陈家沟拳师陈氏两兄弟,生擒太平军前来巡逻头领杨禀,取其首级送至县衙。这下可激怒了太平军,6月12日,太平军兵分五路攻打温县城,张清瀛弃城而逃,县城

被捣。

这算是发生在黄河两处渡口的小仗,值得铭记的是发生于1938年3月5日,日军土肥原师团安田联队千余日军侵占温县,到1945年9月1日日军被歼,七年半时间我抗日军民与日军所发生的十余次较大规模的战斗。这里面最为惨烈和最能体现我军民民族精神的,是发生在1947年6月初的东、西局联战斗。

这里得介绍一下时局背景和什么叫"局联"。

1942年,驻扎温县北沁阳、博爱两县日军,为了打通横跨黄河的北南交通线,4月初开始集结向温境推进。温县抗日武装主要是国民党河防部队及我抗日游击队,为守住黄河诸渡口,亦开始向位于黄河滩东西两个据点集中。一个据点在氾水口附近的氾水滩,另一个在小营口附近的单庄。每个据点周围有土筑防御掩体工事,老百姓叫它"局联",其实就是泥土堆成的一连串土围子。

前文已说,氾水口为古今之官道,为每战必争之军事要津,这次也不例外。1942年6月2日夜,日军集骑兵、迫击炮、坦克等重型武器共六千余人,以铁壁合围战术,于3日晨同时包围东、西局联,两地战斗同时打响。

东局联这边,日军以岛岛部队为主,约两千人,一路扫荡武德镇、张计、平皋诸村,3日黎明形成对东局联的包围。东局联此时驻扎着国民党河防部队三十八军四十七旅朱央亚部四一八团的一个营，以及刚从张计一带收缩进局联的地方抗日武装"挺进二十七纵队"范思勤部，加起来也有两千多人。不过，这时来到局联躲避日军的普通百姓也有数千人。所以，他们既要同日本鬼子战斗，又得保护这几千人的群众，负担更加重了一层。上午8点，日军在坦克车的掩护下，向局联发起进攻，位于黄河南岸的三十八军主力，用猛烈的炮火隔河轰击日军，支持北岸我方军民防守，日军数番进攻被击退。相峙一段时间之后，由于我方前后两头牵涉力量，前沿人员牺牲较多，加上日军攻击到前沿，双方形成短兵相接，河南岸炮火难以施展威力，局联濒于失守。战士们与敌一直浴血奋战到午后，一营官兵几乎全军覆没，抗日纵队伤亡千余人，司令范思勤战死，东局联终失守。

西局联的战斗更加激烈悲壮。日军以棚田部为主，集结骑、炮兵四千余人。我方由朱央亚亲率一个营，地方抗日武装"游击十七支队"任升荣部，共约四千五百余人。之所以更为惨烈，是因为这边没有黄河南岸炮兵火力的支援。日军先以猛烈炮火轰击局联，继以骑、步兵齐攻。我抗日军民顽强抗击，激战整个白天。坚持到了傍晚，局联内弹尽力竭，朱央亚及全营战士战死，任升荣部伤亡惨重，不得已率领战士向孟县转移，西局联亦陷落。

疯狂的日军于当夜，在两处局联大肆烧杀，火光冲天，黄沙殷红，哀鸿遍野，单庄、贾营等村，火光数日不熄。小王庄、老

焕庄顿成废墟，不几日，那废墟亦为黄沙所掩埋。从此，地图和后来的历史上便再也看不到这两个村的存在，被从河滩上彻底抹了去……

这是温域历史上最为黑暗、血腥和残酷的一天！

驻扎在温县境内，尤其是在县城的日军，直到 1945 年 8 月 31 日方全部被歼灭，比 1945 年 8 月 15 日日本天皇宣告投降，整整晚了半个月。

1945 年 8 月 14 日下午，温陟、温孟抗日民主政府接延安《关于要日伪军就地向我军缴械投降》命令。随之，让两名被俘伪军入城，向日军送去《限令投降缴械书》。盘踞在县城文庙内的日军两个小队三十七人，以未收到命令为由拒绝投降，杀死送信人，据城顽抗。当晚，我抗日武装就组织民兵、民工架云梯、扒城墙，发起攻城战斗。

此时，县城内尚驻有伪保安队、汉奸联队三百多人。攻城战以太行军分区主力部队为先锋，加上温陟独立营、区干队、民兵共两千多人，15 日便占领城区，仅剩日军龟缩在文庙碉堡里作困兽斗。攻城部队两次挖掘地道数十丈于碉堡下，在棺材里装满炸药，欲以爆破，却因偏误未能摧毁。为减少我军伤亡，决定断其水粮，以其一部严密围困。日军被包围十八天后，至 31 日，水绝粮空，待援无望，当我方再次强攻时，以汽油烧碉堡全部自焚。温县人民八年抗战获得最后胜利，温县城第一次获得解放。

解放的锣鼓还在敲着，胜利的鞭炮还在放着，国民党军和国民政府却下山来摘桃子了。1946年10月，国民党温县县长杨邦杰，在国民党军张伯华部支持下，组成地主武装"还乡团"进犯温县，刚刚平静一年出头的温县城再陷血雨腥风。反攻倒算的还乡团，凶残至极，尤其对我农会、地方武装干部，杀人如麻。敌强我弱，人民县政府、机关及民兵不得不撤离上山（太行山）。之后，从1946年11月到1947年4月，我太行军分区先后三次组织军民，进行光复温县城之战。终于在1947年4月11日，消灭县城内国民党正规军、保安团、杂牌军"民众自卫总队"，温县城获得第二次解放！

四月的温县大地麦苗儿刚刚起身挺立，开始拔节生长。清风岭上梨树花开，纯白如雪。沁河、蟒河、猪龙河，一汪春水见涨，波浪涟漪。摆脱了世代硝烟战火蹂躏的人们，开始走进田野，重启庄稼人耕耘土地的营生。当然，在全国尚未完全解放的局势之下，温域境内亦未完全平静下来。就在1947年4月11日温县解放前夕的3月，有两位烈士，先后牺牲在同敌人的激烈战斗中。

张峻山烈士的名字，至今还存留在我的记忆里。

从我读小学五年级开始，到初中、高中毕业，记得学校每年清明节都要组织学生前去为张峻山烈士扫墓。

清明时节的中原大地，春正浓着，桃花谢、梨花开、杏花盛。杏花起初朵朵艳红，开着开着花色竟有些淡，最后亦像梨花那样，纯白一片。麦苗儿挺立起身姿，拔离了地面，微微春风吹来，已能看到轻轻麦浪起伏的样子。我们已早吃过饭，在胸前佩戴了纸扎的小白花，列队，沿着田野间的阡陌小道，默默向着十余里外的峻山村走去。队伍前，是学校选出的学生代表，抬着一只敬献给张峻山烈士的花圈。

张峻山出生于1918年，河北省邯郸县人，十三岁时因生活所迫削发为僧。1939年抗日烽火燎原，他深受影响，脱去僧袍还俗人之身，并参加八路军被吸收入党。1944年4月初，受中共太行区党组织派遣，来到温县做党的地下工作，活动在番田、杨磊一带。1945年9月，日军投降，温县人民民主政府成立，张峻山担任区公所设在番田双流村的四区区长，领导全区群众开展反奸反霸、减租减息运动。

1946年10月冬初，四处逃窜的国民党还乡团卷土重来，疯狂残杀我干部群众。1947年3月11日，张峻山率领区武工队、沁南独立营一个排共七十余人，攻克先前被国民党自卫团占据的双流村。就在他们清理战场准备恢复四区区公所时，突然被从丰稔、卜贤、招贤和孟县三区等地赶来的国民党自卫团千余人包围。张峻山带领武工队顽强抵抗六个多小时，先后击退敌人三次进攻。

伤亡惨重的敌人这时再次搬来援兵，形势变得十分危急，张峻山不得已率领战士开始突围。为掩护人员撤退，他坚持在一线指挥阻击敌人，不幸腹部中弹，被突围战士抬至沁阳贾村。当晚，张峻山流尽最后一滴血，牺牲在战友怀抱中……

为缅怀烈士，解放后改双流村为峻山村。1955年农历二月，峻山村民自筹资金，修建"张峻山烈士纪念塔"，并将他的遗骨迁葬于塔后。如今，这座巍峨的砖塔，依然屹立在峻山村中。

与张峻山齐名的还有祥云镇的张祥云烈士。张祥云的牺牲更为壮烈，更感天动地。1947年3月28日，身为温县二区武委会主任的张祥云，在随部队转移上山（太行山）时，于沁阳木楼村被国民党军李德基部包围冲散。当晚，张祥云为寻找掉队人员，重返温县，在温县白庄西地不幸遭敌被捕。31日，毫不屈服于国民党温县县长于锦江诱降和拷打的张祥云，被押赴西南王镇村南寺沟，敌人和当地恶霸用镰刀、剪子，将张祥云削面、割耳、开膛、剜心，残暴至极。临刑时，张祥云依然昂首陈词，怒斥敌人。敌人敲他的嘴并剪他的舌，他吐着鲜血仍痛斥不止，表现出了一位共产党人视死如归的大无畏英雄气概！当日，正值西南王镇庙会，无数围观群众无不为之动容……

解放后西南王镇亦被改为祥云镇，其就义地寺沟改名烈士沟。张祥云烈士纪念碑为钢筋水泥浇筑，矗立在祥云镇中，温孟公路

　　清明时节的中原大地，春正浓着，桃花谢、梨花开、杏花盛。杏花起初朵朵艳红，开着开着花色竟有些淡，最后亦像梨花那样，纯白一片。麦苗儿挺立起身姿，拔离了地面，微微春风吹来，已能看到轻轻麦浪起伏的样子。

左边。

前面数次提及的上苑村西、我们村南的摩天岭,其实在1947年5月也发生过一次较大的阻击战。它由流窜于温孟和温武边界一带的原国民党残余武装原汉三、乔全喜进犯温县所引发。

5月的摩天岭下猪龙河湾苇草长到了小半人高,河水丰盈而清澈。河对岸的沇河村为绿树所掩映,不时传出一两声狗吠声。18日,乔全喜率其杂牌军一千五百余人,携迫击炮三门,机枪数十挺,悄悄开进沇河村,随即在村东猪龙河桥头修筑阵地。19日晨,天刚破晓,一层薄雾笼罩在寂静的河面,人们尚在梦中,敌人开始越桥进犯上苑。亦于前一日赶到摩天岭上的温县二区武工队、孟县独立营一连,早已沉着坚守、严阵以待,随即用猛烈火力封锁河东桥头。敌人仗着人多,多次冲锋皆被击退,战斗持续两天一夜。到10日傍晚,我军兵疲弹尽,无奈之际,武工队长崔凤亭决定以夜色为掩护,布设"空城计"以迷惑敌人,撤离阵地,退防招贤。21日清早,乔军再次发动攻势,过桥后有三人触雷身亡。随即他指挥机枪向摩天岭上疯狂扫射,却未见我军有还击,于是胆战心惊扑向上苑、安乐寨两村,竟发现村中空无一人,疑有埋伏,未敢再进而退回沇河。此后,亦再未越桥半步。

阻击战取得胜利。以少胜多,虚实并用,"崔凤亭大战摩天岭"在我们那一带传为了佳话。

温县这块平原沃土，与其说是黄河和沁河冲积而成，倒不如说是先人们用汗水、先烈们用血水浇灌所成。据统计，到上世纪八十年代初，温县在册烈士就达到一千零三十二名，真可谓"清风岭上埋忠骨，黄河流水吟华章"！

故乡的土地无疑是辽阔和壮美的；故乡的历史无疑是悠久和灿烂的；故乡的人民无疑是勤俭和质朴的；故乡的文化无疑是深厚和源远流长的。回望故乡，更令我们愈发懂得她是如此之值得钟爱，如此之值得赞美，如此之值得感恩。四千一百多年的立国、置县史，她从历史的幽深处走来，却并不苍老，依然浑身充满活力，再走向历史那更为明亮的远方……

风岭在，水流长。

春风依旧，大地当歌。

从故乡来时的背影，我看到了她身上未来的美好！

后记：写给故乡

　　写这篇后记的晚上，我还是有意关掉了书房里的灯，用打火机点着常备的蜡烛，置于案头。那荧荧而燃的烛火，便似我年少在家时使用着的油灯。平时亮亮堂堂的书房，顿时昏昏暗暗、影影绰绰，甚而，多了一份庄严和肃穆。我很是受用如此沉静、迷离，并显得圣洁了的书房氛围。

　　此刻，书房俨然成了我一个人的世界。

　　我平常也是喜欢在这样的情景下写作的，即便台灯明亮，也要把亮度调到变暗变淡的那一挡。如此，我的思绪仿佛驾着了飞翔的云，追逐着寂静中的灯光骤然而来；如此，我曾经读过的书、书里的人物或者故事就鲜活了起来，走出书橱站到了我眼前；如此，我的乡思、乡愁、乡情，宛似汩汩而出的涌泉，挡也挡不住地就倾注到了笔端。

在如此昏暗的灯光里，我却看到了一个明亮的世界。

在这个光亮的世界里，追寻到些什么，要找到些什么？便是我写作这本书的初衷。

这本书里所记，大多是我童年、少年、青年时期，也就是十九岁当兵之前，生活在故乡的人生往事。为何老是扯着故乡不放呢？不仅是我，故乡是每个人魂牵梦绕的精神家园；对于写作者来说，更是一块取之不尽用之不竭的写作领地。

我似乎也逃脱不了自然所界定的一切。年纪愈是接近老境，思绪里便越是多了些对于故乡的怀想，动不动就做梦，张口闭口就是俺家咋的。在我看来，故乡并不是一个充满温馨和浪漫的地理概念，而是所有的人生幸福和爱充溢其中的港湾。家在哪里，哪里便是故乡。家是温情的，故乡便因此装满了爱意。家园是故乡，故乡亦是家园。因为有了家园和故乡的依倚，人生里那些原本停留在梦境和幻化其中的空荡而易逝的幸福感觉，就尤以显得实在而久远了。

在我十九岁入伍之前，尤其少年儿郎那几年，常常到村南的猪龙河堤上拾柴火、割野草，或者挖野菜。每当夕阳西坠，我就会爬到堤顶的老柳树上，居高临下向着不远处的村庄张望，看那一大片夜岚轻缠鳞次栉比的农舍瓦屋，看那一丝丝炊烟的缓慢升腾和飘荡，并企图寻找到哪一股有可能是我家的。我便感觉到了故乡那种真实的温存和幸福的所在。秋天时，我每每坐在地埂上，睃视收获之后空旷的田野，目光最后总是会落在某片玉米叶或者瓜秧子上，秋风吹拂着它们，瑟瑟而动。西下的金色夕阳浸染着它们，它们便裹上了层圣洁。出神地看着它们，我会感觉到有一丝情怀在心间蠢蠢涌现，升腾起一种怦然的激动。

我的心向往着远方。

所以，有人说：故乡就是你小时候天天想离开，老了后却天天想回去的地方。我深以为然。

怀念故乡时，我尤为怀念童年。

毫无疑问，出生在上世纪六十年代起始之年的我，童年生活是极其困苦的，但这并不影响传统文化、人文精神对我的熏陶，大地母亲的乳汁一直在滋养着我。

无论对于谁，童年都是人生中最为珍贵的一段岁月。我们在这个世界上生活得越久，所对于童年的怀想就越是显得隽永和深情。人们常用陈年老酒来比喻岁月的醇香，人活到了六十岁靠上，回望童年，就像闻到了那坛经年陈酿散发出的馨香。所以，在书写童年的过程中，一些尘封的往事就被掀开了，一些沉睡的记忆被唤醒了，重新让我们感觉到童年曾经离我们是如此之近。当然，刻印在故乡土地上初有的童真，一定会被后来的一层层厚重的世故表象所包裹，她渐行渐远了。书写这段纯真，书写这段纯真之下的故乡，就是要鼓起一股人文的勇气，满怀着对这份纯真、这块故乡土地的挚爱，去精心而细腻地打开她。

于是，我便觉得了童年和少年，能够在乡村中生活和成长，历经贫寒清苦和繁重体力活计的磨砺，其实是十分难得的人生幸运。因为，那个生命初始过程中的故乡，她使我拥有了自然的本真，拥有了真实生活无限的记忆，更是拥有了充满爱意和善良、富有和丰沛的心灵。

用不着怀疑，我们生命中许多有意思的东西，往往只有经历了之后才慢慢能体悟到其中的意味。

前些年父母在世的时候，我人虽如浮萍般漂泊在外，但根在故乡，每年我都会想方设法回一两趟家。每次踏上故乡的土地，仿佛飞翔在天空的风筝落到了坦荡的地面上，心里好不踏实。每天清晨或傍晚，要么迎着朝阳要么踏着夕阳，围绕着我曾经生活和劳作过的村庄走上一两圈，闻一闻久违了的乡土气息；看一看曾经坐过的那道田埂、河堤上爬过的那棵老柳树；驻足在猪龙河岸边，望一望那熟悉的水草在河底悠来荡去……我这是看见了原汁原味的故乡。

父母相继而逝，故乡似乎变成了一处伤心之地：推开久未启锁的大门，扑入眼帘的是半人多高的荒草；打开空荡的老屋，一股悲伤和苍凉气息迎面而袭。走到街上，童年的伙伴个个老态龙钟，甚而老得相见不相识了。我再也不愿绕着村子在田野上游走，因为父母双亲的坟茔,就在我最为熟悉的猪龙河堤东侧的土岗子上。尽管,那是一座村集体公墓,他们二老安息于此似乎并不显得孤独,但在我的心里他们却是孤独的。远远地眺望着他们,我又何尝不孤独?

我独怆然而涕下!

这些年偶尔再回到故乡,几乎所有的村庄都变成了空壳,坍塌的门楼,枯萎的老树,难觅的鸡犬。即便村子外围环绕着一圈新建的二层楼房,终究也是掩饰不住物是人非的感觉。故乡,那特有的亲切、温情,令人向往的活力和张力荡然无存。有时,到父母坟上上香、烧纸,祭拜之后,甚至就有了尽快逃离而去的心思。

我怕,怕记忆深处的那块可爱的故乡,渐行渐远,不复存在;怕那美好绵长的故乡梦境,被沉重的现实所轰然击碎!

如今,我好似已被繁华喧嚣的城市生活所改造了,也似乎习惯了城市里的一切。事实上,我的确不再可能返回故乡去生活了,正如不能够再返回到童年和少年一样。于是,我只有用手中笨拙的笔,去记叙过往故乡的美好、博爱、善良、淳朴、宽厚,以回馈和感恩她对于我,以及这块土地上所有人对于我的滋养、抚育。

如此,对于故乡和年少时的记忆,就有了价值。

乡思几重逐灯来。我精神上的故乡,永远都存在着!

文章自然是我写就的,但辑而成书却少不了诸多老师的帮助。茅盾文学奖获得者、著名作家且与我已有近三十年友情的柳建伟老师，利用新年三天休假，抵严寒扰袭，闭门谢客伏案疾书，写出洋洋数千言的美文为序——《〈东城外〉的故乡斑斓》，令我感动，感谢老师的抬爱！书里整整十张插图（包括封面和藏书票），依然出自我极为敬重的著名国画家，以画海水、海浪、海石而闻名的彭石根先生。先生年岁已过七望八，又是第四次为我的作品绘制插图，其对我的用心，已不能用"感谢"二字来表达我的感激之意了，唯有铭记！当然，还有一路扶持我的陈实老师、老领导兰承晖、青年文学评论家文剑，他们都读过书稿，提出过不少好建议，我也是以热忱之心而应多加感谢的！

说来，这已是我的第七部散文书了，尽管我用尽了心情、用尽了心力，但仍然不尽是我意愿中的文字，每每再读总有不如意之处。这样的差距和遗憾，是留给了我今后继续努力的机会，所以，也就要请读者诸君见谅！并给予我今后这样提升的机会。

谢驰淞

二〇二一年元月于广州南湖五味斋

东城外